OS CAÇA-MISTÉRIOS

O *fantasma do Pelourinho*
© Eliana Martins, 2013

GERENTE EDITORIAL: Fabricio Waltrick
EDITORA: Lígia Azevedo
EDITORA ASSISTENTE: Carla Bitelli
COLABORADORA: Sara Cristina de Souza
PREPARADORA: Malu Rangel
COORDENADORA DE REVISÃO: Ivany Picasso Batista
REVISORAS: Helena Dias, Ana Luiza Couto

ARTE
PROJETO GRÁFICO: Mabuya Design
COORDENADORA DE ARTE: Soraia Scarpa
ASSISTENTE DE ARTE: Thatiana Kalaes
ESTAGIÁRIA: Izabela Zucarelli
DIAGRAMAÇÃO: Acqua Estúdio Gráfico
TRATAMENTO DE IMAGEM: Cesar Wolf, Fernanda Crevin
PESQUISA ICONOGRÁFICA: Sílvio Kligin (coord.), Josiane Laurentino

CIP-BRASIL. CATALOGAÇÃO NA FONTE
SINDICATO NACIONAL DOS EDITORES DE LIVROS, RJ

M341f

Martins, Eliana, 1949-
  O fantasma do Pelourinho / Eliana Martins; ilustrações Ronaldo Barata. – 1. ed. – São Paulo : Ática, 2013.
  120p. : il. - (Olho no lance – Os Caça-Mistérios)

Inclui apêndice
ISBN 978-85-08-16610-7

1. Ficção infantojuvenil brasileira. I. Barata, Ronaldo. II. Título. III. Série.

13-02939.
CDD: 028.5
CDU: 087.5

ISBN 978 85 08 16610-7 (aluno)
ISBN 978 85 08 16611-4 (professor)
CAE: 278072 (aluno)
Código da obra CL 738536

2023
1ª edição
7ª impressão
Impressão e acabamento: Vox Gráfica

Todos os direitos reservados pela Editora Ática, 2013
Avenida das Nações Unidas, 7221 – CEP 05425-902 – São Paulo, SP
Atendimento ao cliente: 4003-3061 – atendimento@atica.com.br
www.atica.com.br

IMPORTANTE: Ao comprar um livro, você remunera e reconhece o trabalho do autor e o de muitos outros profissionais envolvidos na produção editorial e na comercialização das obras: editores, revisores, diagramadores, ilustradores, gráficos, divulgadores, distribuidores, livreiros, entre outros. Ajude-nos a combater a cópia ilegal! Ela gera desemprego, prejudica a difusão da cultura e encarece os livros que você compra.

ELIANA MARTINS

O FANTASMA DO PELOURINHO

ILUSTRAÇÕES
RONALDO BARATA

editora ática

QUEM SÃO

OS CAÇA-MISTÉRIOS

Douglas

Nome completo: Douglas Maracagibe

Idade: 12

Uma qualidade: Ser baiano.

Um defeito: Espirro o tempo todo, por causa da minha alergia a pó e fumaça. Também espirro quando fico estressado e de manhã, ao acordar.

Meu passatempo favorito: Ler livros policiais e aventuras de detetives famosos.

Meu maior sonho: Ser policial ou advogado criminalista.

Um pouco da minha vida: Sou aluno do sétimo ano. Dizem que tenho um raciocínio super-rápido. Apesar disso não sou um ótimo aluno, mas estou sempre na média. Presto bastante atenção em tudo o que o professor fala. Minha matéria favorita é história. Sou soteropolitano, que é como se chama quem nasce em Salvador. Tenho muita admiração por todos os baianos que se destacaram por aí; como gosto de ler, lembro sempre o Jorge Amado. Sou filho único. Minha mãe escreve livros para crianças. Meu pai é dono de uma imobiliária.

Paraguaçu

Nome completo: Paraguaçu Mendonça

Idade: 12

Uma qualidade: Desde pequenininha, tenho uma elasticidade enorme no corpo.

Um defeito: As pessoas acham que sou muito patricinha. Mas eu não acho; afinal, gostar de se arrumar e ser vaidosa não é defeito.

Meu passatempo favorito: Tenho um *tablet* que é meu companheiro inseparável, ao lado do meu celular. Sinto que está faltando alguma coisa quando fico sem eles.

Meu maior sonho: Ser a primeira bailarina do Teatro Municipal de Salvador. Adoro minhas aulas de balé clássico!

Um pouco da minha vida: Estou cursando o sétimo ano. Me considero ótima aluna, pois antes do final do ano já estou com as médias todas fechadas. Adoro as aulas de Educação Física, pois elas desenvolvem a elasticidade do corpo, o que me ajuda muito no balé. Sou baiana de Salvador e acho minha cidade muito linda. Tenho só um irmão, gêmeo, que é o Caramuru. Minha mãe e meu pai trabalham juntos. Eles têm um espaço para eventos na Cidade Alta.

Uma qualidade: Eu, pelo menos, acho que é qualidade: tenho muito jeito para me comunicar. Sou um cara simpático.

Um defeito: Fazer trocadilhos. Tem gente que não gosta. Já me meti em altos rolos por ser piadista.

Meu passatempo favorito: Surfar. Sou ligadão nisso.

Meu maior sonho: Surfar no Havaí.

Um pouco da minha vida: Estou no sétimo ano. Sou um aluno mais ou menos. Quer dizer: não tão bom quanto a minha irmã. É que, morando em Salvador, que tem praias lindas, sempre acho um tempinho para surfar. Meus pais têm um negócio de festas na Cidade Alta. Antes que me esqueça de contar, eu sou gêmeo da Paraguaçu. Estou sempre de olho nela, que é bonita pra caramba; por isso me deram o apelido de Carrapato. O Douglas está sempre cheio de gracinhas para cima dela. Ele que se cuide!

Carrapato

Nome completo: Caramuru Mendonça

Idade: 12

Uma qualidade: Sou inteligente e trabalhador. Desde bem novinho, vendo os bolinhos de aipim que a minha mãe faz.

Um defeito: Sou curioso demais! Como ando pelas ruas vendendo os bolinhos, tem vezes que acabo me metendo em encrenca por ser tão curioso.

Meu passatempo favorito: Olha, ando tanto, o dia todo, que quando chego em casa só quero saber de me espichar na cama. Mas gosto de empinar pipa, que eu mesmo faço.

Meu maior sonho: Abrir uma lanchonete, para não precisar mais vender bolinhos na rua e dar uma vida melhor pra minha mãe.

Um pouco da minha vida: Sou filho único. Moro com minha mãe, que chama Zizete, em uma casa que só tem um quarto, uma cozinha e um banheiro, no Pelourinho. Não conheço meu pai; ele foi embora antes de eu nascer. Minha mãe faz salgados para festas e para eu vender. Também lava e passa roupas para fora. Estou um pouco atrasado na escola: só fui estudar, de verdade, quando tinha 8 anos. Mas estudo. Se não estudar, como é que vou poder ser dono de lanchonete e não ser feito de besta, né não?

Menininho de Zizete

Nome completo: Vanderbilson Silva

Idade: 11

FIQUE LIGADO!

Você acabou de conhecer os Caça-Mistérios. Agora faz parte da turma e precisa ajudar a resolver os enigmas e descobrir qual é o segredo por trás da notícia de que um fantasma está assombrando a Casa das Sete Mortes, no Pelourinho.

Prepare-se para participar de uma aventura cheia de ação e solucionar os enigmas junto com os Caça-Mistérios. No decorrer da história, vão aparecer perguntas que você deverá responder usando seu conhecimento, sua inteligência e sua intuição. Às vezes, as pistas estão nas ilustrações; outras vezes, você deve usar o raciocínio. E ainda há casos em que, para chegar às respostas, é preciso ter boa memória. Por isso, vale a pena ler o livro com atenção.

No envelope anexo à capa, há um decodificador. Você deve colocá-lo sobre o texto oculto na superfície vermelha da página para conseguir ler a resposta.

MAS ATENÇÃO! Primeiro tente responder usando a cabeça, sem usar o decodificador. Depois de dar sua resposta, coloque o decodificador na superfície vermelha para conferir se acertou ou não. Se tiver acertado, marque um ponto na sua Ficha de Detetive, que está na página 104.

Os Caça-Mistérios contam com a sua ajuda para resolver o caso de *O fantasma do Pelourinho*. Bom divertimento na leitura — e na resolução dos enigmas!

SUMÁRIO

1. A notícia do jornal — 11

2. Na casa dos Mendonça — 13

3. O detetive Douglas ataca — 17

4. Na Casa das Sete Mortes — 23

5. Um novo aliado — 29

6. Conversa entre irmãos — 33

Essa história de fantasma no Pelourinho não me parecia boa coisa, por isso decidi investigá-la. O melhor de tudo foi que ganhei um novo amigo.

7. A história do vendedor de bolinhos — 36

8. Surfe frustrado — 40

9. Uma noite no museu — 46

Eu sabia que minha elasticidade e meus pés de bailarina teriam utilidade na resolução desse mistério.

> Esse amigo dos meus pais estragou meu dia de surfe, e ainda tive que andar por aí com prancha debaixo do braço. Bizarro!

10. **Mocinhos e bandidos** — 52

11. **Conversa virtual** — 57

12. **Duas reuniões** — 61

13. **Confusão à beira-mar** — 66

14. **Tramas e mistérios** — 70

15. **A descoberta de Menininho** — 79

16. **O retorno de Botelho** — 84

17. **O personagem de Jorge Amado** — 89

18. **Encontro inesperado** — 96

19. **Altos papos** — 101

> Que medo de fantasma que nada! Eu encarei a assombração e não é que desvendei parte do mistério?

A NOTÍCIA DO JORNAL

Apesar de ser sábado, Douglas acordou cedo com o pregão de um amolador de facas, figura comum nas ruas de Salvador.

Como sempre, o sentar-se na cama desencadeou uma série de espirros matinais. Espreguiçou-se, calçou os chinelos de borracha e saiu do quarto, rumo à cozinha. No caminho, percebeu que a mãe trabalhava. Parou na porta do quarto:

— Já batucando no computador, minha mãe?

— Vixe! Esses seus espirros cortam a concentração de qualquer um, Douglas!

Conceição escrevia livros para crianças. Um dos quartos da espaçosa casa, no bairro da Graça, servia de escritório para ela. Douglas entrou no recinto para beijar a mãe.

— Vá escovar os dentes, garoto! Tá parecendo que engoliu um gambá, credo!

O filho deu risada.

— Podia pelo menos me dar um beijo primeiro, né, minha mãe?

Conceição abraçou e beijou o filho.

— Vou preparar seu chocolate — ela disse, já saindo para a cozinha.

O garoto sentou na cadeira da mãe e passou os olhos pelas manchetes do site de um jornal na tela do computador. Uma delas despertou seu faro detetivesco: FANTASMA RONDA O PELOURINHO. Ele começou a ler a notícia:

Até o momento não se sabe nada sobre o fantasma que tem assustado os transeuntes que circulam pela área do Pelourinho, segundo o que contam antigos moradores da área. Vanderbilson, 11 anos, garoto mais conhecido como Menininho de Zizete, que mora nas redondezas e vende bolinho de aipim aos turistas, confirma já ter ouvido ruídos e visto luzes estranhas na Casa das Sete Mortes. "Toda vez que passo por lá, para dizer a verdade, me sobe um arrepio pela nuca", confessa. De acordo com diversos moradores do Pelourinho que não quiseram se identificar, trata-se do famoso fantasma da escrava, conhecido por aqueles que frequentam a Casa das Sete Mortes.

— Que história estranha! Aí tem...
— Aí tem o quê, Douglas? — perguntou Conceição, que voltava ao quarto.
— Olhe, minha mãe, se você prestasse mais atenção ao meu faro de detetive, garanto que ia escrever histórias incríveis!
Conceição riu.
— Tá bom, tá bom. Quem sabe um dia... Agora tome o seu chocolate.
Douglas saiu do escritório com a cabeça fervilhando de ideias. "Fantasma na Casa das Sete Mortes? Assombrando o Pelô? Mas que papo é esse? E esse tal Menininho de Zizete? Que tipo de nome é esse? Tenho que ir ao Pelô tirar essa história de fantasma da Sete Mortes a limpo. E vai ser hoje mesmo!".

NA CASA DOS MENDONÇA

— Paraguaçuuuuu! Caramuruuuu! Esta é a última vez que vou chamar! Valha-me meu Nosso Senhor do Bonfim!

— Mas que gritaria é essa, Branquinha? Nossos amigos vão achar que isso aqui é um hospício! — reclamou Zildenor, que era mais conhecido como seu Nonô.

Paraguaçu e Caramuru, os dorminhocos daquele sábado, eram inseparáveis. Caramuru não desgrudava da menina: onde ela estava, era só olhar para o lado, para a frente, para trás... e lá estava ele também, juntinho da irmã. Por isso o apelidaram de Carrapato.

Naquele fim de semana, a família Mendonça recebia os Botelho, um casal de amigos vindos do interior da Bahia. Paraguaçu foi a primeira que apontou no corredor dos quartos do confortável apartamento do bairro da Graça, famoso pelos edifícios charmosos e casas espaçosas, como a em que Douglas, amigo deles, morava. Foi logo falando:

— Quase me arrebenta os tímpanos com sua gritaria, minha mãe!

— Mas olhe se isso é jeito de falar! — reclamou Branca, sentada à mesa da sala de jantar, rodeada pelo marido e pelos visitantes.

Paraguaçu ficou sem graça.

— Desculpe... Não sabia que estavam aqui.

O casal recebeu a garota com beijos e abraços, e ela juntou-se a eles à mesa. Tudo parecia calmaria, não fosse o grito vindo do corredor:

— Ô, Paragua, sua abestalhada, cadê a minha roupa de surfe?

Paraguaçu não deixou por menos:

— E como é que eu vou saber, Carrapato?

O irmão entrou na sala bufando. Parou de repente, como se tivesse congelado, ao ver o inesperado casal sentado à mesa.

— Ih, foi mal...

Foi a vez de seu Nonô pedir desculpas pelo filho.

Carrapato, ainda sem graça, sentou-se ao lado da irmã e logo ficou sabendo que naquela manhã não poderia surfar: iria, com os pais e com Paraguaçu, ao centro histórico de Salvador, para acompanhar o casal de amigos. Odiou a ideia, é claro, mas achou que seria antipático (e que levaria uma bronca daquelas) se dissesse que não queria ir.

— E qual vai ser o nosso roteiro? — perguntou, enquanto passava manteiga em um beiju de tapioca quentinho.

— Estava pensando em levar os Botelho ao Mercado Modelo — disse Branca, piscando para a amiga. — Aposto que a Mara aqui não ia achar nada ruim se fizéssemos umas comprinhas, é ou não é?

— Eu já acho que podíamos ir ao Pelourinho — propôs Nonô. — Lá tem tanta coisa bonita para ver! Pense na Igreja de São Francisco, por exemplo. Tem lugar mais lindo?

Botelho franziu a testa, intimamente desaprovando a sugestão de Nonô. Há muitos e muitos anos não pisava no Pelourinho. Desde que... "Cruz credo! Nem é bom lembrar!", pensou.

Enquanto o amigo confabulava em silêncio, Nonô ficava cada vez mais empolgado com a história da Igreja da Ordem Terceira de São Francisco. Tinha razão para tal, é verdade: a Igreja é considerada uma das sete maravilhas de origem portuguesa do mundo. Sendo assim, o anfitrião continuou falando:

— Sabiam que lá, todas as noites, tem um espetáculo de luz e som?

— Para mostrar o quê, Zildenor? — perguntou Mara.

— É que no prédio do convento, que fica ao lado da igreja, no andar térreo, bem onde fica o claustro, sabe? — Seu Nonô ia desenhando o espaço da igreja no ar, com as mãos e os braços bem abertos. — Bem, lá há 37 painéis enormes, que medem cerca de dois metros de altura cada um, eu acho. Eles retratam cenas baseadas em gravuras daquele pintor holandês, o Otto van Veen. São maravilhosos! Vocês precisam ver: são painéis com cenas de mitologia e epígrafes latinas, extraídas da obra de Horácio, que vocês sabem quem é, não, meninos? O poeta e filósofo.

— *Oxe*! Meu pai! — admirou-se Paraguaçu. — Eu desconhecia esse seu lado de apreciador da história e da arte!

— Pois eu aprecio, sim, e muito. É que não tenho com quem falar sobre isso, minha prendinha.

— Pois agora já tem! — disse a filha, pegando o *tablet* e abrindo a página de um site de busca. — Deixe ver... Olhe só o que achei aqui, meu pai: *A origem da Igreja de São Francisco data de 1686, mas ela só foi concluída em 1782. A igreja é preciosa pela sua exuberante decoração interna. Todas as paredes, colunas, capelas e o teto são revestidos de entalhes de ouro. É considerada uma das mais significativas expressões do barroco no Brasil. O teto possui pinturas de Frei Jerônimo da Graça...*

— Bizarro! — resmungou Carrapato.

— O que é bizarro? Posso saber, Caramuru? — perguntou Branca.

— Painho e Paragua dando aula de história pras visitas em vez de levar os dois logo pra conhecer a igreja.

Nonô se desculpou.

— Caramuru está certo. Vamos, então? Visitamos a igreja, mais outros lugares lindos do Pelourinho, depois terminamos o passeio comendo uma bela moqueca de mapé. Que tal?

Mas Botelho, em vez de se mostrar animado, parecia era verdadeiramente enfadado com a proposta.

— Botelho, tá variando, é? — brincou Mara, vendo o estado do marido.

"Tomara que Nonô não invente de visitar a Casa das Sete Mortes", ele desejou.

3

O DETETIVE DOUGLAS ATACA

Com a desculpa de que faria uma surpresa ao pai, encontrando-o na imobiliária Ache Aqui, onde ele trabalhava, Douglas beijou a mãe e saiu.

Ir do bairro da Graça até o Pelourinho dava um bom percurso; mas nada que o ônibus que passava na avenida 7 de Setembro não resolvesse.

Por sorte, no momento em que Douglas alcançou o ponto, o ônibus chegava. E ainda por cima vazio! O menino pagou e escolheu um assento próximo da janela. No caminho, foi observando a Cidade Alta, onde ficava o bairro em que morava e onde ficava o Palacete das Artes Rodin Bahia. O pai de Douglas, que era ligado em arquitetura, tinha, outro dia mesmo, contado a história do prédio para o menino. Ele lembrava: construído no ano de 1912, o palacete fora restaurado em 2003, especialmente para abrigar obras de gesso e de bronze de Auguste Rodin, importante escultor modernista francês. "Ele fazia obras lindas, com expressões, faciais e corporais que pareciam de gente de verdade", entusiasmava-se o pai. O prédio havia sido escolhido, entre outros motivos, pelo fato de ser muito parecido com o Hotel Biron, em Paris, onde estava instalado o Museu Rodin e onde o escultor havia morado por vários anos.

Mais adiante, já chegando ao bairro do Campo Grande, Douglas viu surgir aos poucos na lateral da janela do ônibus a enorme praça Castro Alves. Sem esforço, ia observando a estátua do famoso poeta romântico, conhecido por seus versos libertários, apaixonados e abolicionistas. Teve um ligeiro calafrio ao lembrar que os restos mortais do poeta estavam lá, na base da escultura. Mas, quando deu por si, já estava cantarolando baixinho: "A praça Castro Alves é do povo, como o céu é do avião". Esse era meio que um hino de Carnaval em sua casa: mal começava o feriado e a mãe já ia cantando e dançando a canção de Caetano Veloso, o que, para Douglas, demarcava o início da folia. Folia boa, para ele e para outros milhares de pessoas, vindos de todos os cantos do país para festejar e dançar na praça, na terça-feira, no conhecido Encontro dos Trios. E que energia para pular com tantos trios elétricos, ainda mais depois de dias de axé! Cansar, cansava, mas ele mal podia esperar pra festa começar de novo...

Douglas também sabia um pouco das várias histórias sobre a praça. Em 23 de janeiro de 1808, quando ainda era chamada de Largo do Teatro, foi o palco da recepção de dom João VI, então príncipe regente de Portugal e sua corte, pelos representantes da Câmara Municipal de Salvador. Dom João e sua corte vieram para o Brasil fugindo de Napoleão Bonaparte e, só por estar aqui, mudaram muito do que seria nossa História... Pelo menos era assim que sua avó contava. Era bem ali que resplendia o Teatro São João. Mas ele foi destruído por um incêndio em 1923 e, na praça, ficou somente a escultura em homenagem a Castro Alves, erguida no mesmo ano.

VOCÊ SABIA?

Abolicionista e republicano, Castro Alves ficou conhecido como "o poeta dos escravos" com a publicação de sua obra com vieses românticos e políticos. Um de seus poemas mais conhecidos é "Navio negreiro", escrito em 1869 e publicado no livro *Os escravos*. Ainda vivo, Castro Alves teve o reconhecimento de literatos importantes, como José de Alencar e Machado de Assis. A carreira gloriosa, que lhe rendeu a homenagem na praça em Salvador, foi curta: o escritor morreu jovem, aos 24 anos, tuberculoso.

E não é que aquela viagem de ônibus estava rendendo história na cabeça de Douglas? O percurso estava demorando um pouco além da conta por causa do engarrafamento, então lá ia o menino pensando sobre a cidade — e se surpreendendo com seus conhecimentos sobre o lugar onde morava: "A Cidade Alta tem vários bairros: Graça, Campo Grande, Barbalho, Candeal... Mas o mais bonito de todos, pra mim, é o centro histórico, onde está o Pelourinho. Não é por menos que é um dos principais cartões-postais aqui de Salvador. Que cidade linda! Uma parte no alto, outra parte em baixo, ligadas pelo Elevador Lacerda".

— Praça da Sé! Ponto final! — gritou o motorista, despertando Douglas de seus devaneios.

O ponto de ônibus na praça da Sé ficava bem perto de onde Douglas pretendia ir. Era só subir a ladeira do Taboão e pronto, desembocava no largo do Pelourinho.

E foi com esse intuito que o menino saltou do ônibus e seguiu para a ladeira, preparando-se para subi-la, lembrando outra canção, esta de Gilberto Gil, que sua mãe colocava para tocar e que se referia a outra ladeira bem conhecida de Salvador, a da Preguiça: "Essa ladeira/ Que ladeira é essa?/ Essa é a ladeira da Preguiça/ Ela é de hoje/ Ela é desde quando/ Se amarrava cachorro com linguiça".

A manhã de sábado, na verdade, não convidava a preguiça nenhuma: estava linda, com um céu tão azul que parecia encomendado para quem queria passear. E tinha muita gente assim na rua: homens, mulheres, crianças, trabalhadores, moradores do bairro e muitos turistas que, munidos de suas câmeras, procuravam captar a beleza de cada canto do Pelourinho.

A alegria que Douglas levava consigo de morar naquela cidade, que alguns chamavam de "baianidade", explodiu por todos os seus poros, ao ver as pessoas encantadas com Salvador. Não demorou muito a dobrar a esquina da rua Ribeiro dos Santos, antiga rua do Passo, e estacar em frente ao número 24: chegara ao endereço da Casa das Sete Mortes. Muitos turistas fotografavam a fachada. Não era para menos: a linda construção, tombada como patrimônio histórico, fora transformada em centro cultural. Douglas já tinha visitado a casa com a escola; lembrava que ela havia sido construída no século XVII e que nela, desde então, tinham residido sempre famílias abastadas, cheias de dinheiro. Sua fachada era de azulejos portugueses do século XIX e, no pátio interno, havia outros mais antigos, datados do século XVI.

Douglas se imiscuiu no meio de um grande grupo de turistas, bem no momento em que um guia falava exatamente sobre o que ele queria saber: quem era aquele fantasma que assombrava a Sete Mortes.

— Esta linda casa que vocês vão conhecer agora guarda uma história obscura, trágica e intrigante. — Alguns turistas soltaram exclamações; outros esconderam o rosto, com certo medo. O guia continuou: — Reza a lenda que a Casa das Sete Mortes recebeu este nome porque, por volta do século XVIII, aqui viveu uma escrava que, tendo sido muito maltratada por seus senhores, transformou seu sofrimento em raiva e em rancor. Esse ódio levou-a a planejar o assassinato de toda a família, que era composta de sete pessoas.

Apesar de ter tanta gente reunida no mesmo lugar, o silêncio se instalou, tal o interesse dos turistas naquela história de suspense. O guia, notando que tinha conquistado a plateia, prosseguiu:

— Certo dia, antes da refeição, a escrava colocou veneno na comida. Quando os familiares se acomodaram ao redor da mesa, além do alimento, encontraram também a morte. E não acabou por aí: logo após se certificar de que todos estavam mortos, a escrava se suicidou, ingerindo também a comida envenenada.

— Nossa! — exclamou uma garotinha.

— E é por isso — continuou o guia, sem se importar com os rostos assustados que despontavam no grupo — que muitos juram escutar vozes ao entrar na casa e enxergar o vulto de um fantasma rondando os cômodos. — Ele sentiu que algumas pessoas deram passos para trás, querendo ir embora, e resolveu atenuar: — É claro que toda essa história trágica não passa de lenda. Vocês perceberão que a casa é arquitetonicamente bela e interessante. Um detalhe curioso é que tem sete entradas...

Enquanto o guia convidava os turistas a conhecerem os cômodos da casa, Douglas resolveu se separar do grupo para conseguir observar sozinho cada canto do lugar, com calma, atrás de alguma pista que o levasse até aquela notícia que tinha lido na internet.

"Mas eu sou mesmo um miolo mole!", pensou. "Pois se não sei nadica de nada além do que li sobre o tal fantasma do Pelô, que pista estou esperando encontrar aqui?" Matutando, perambulou mais um pouco pelas dependências da casa. Viu os cômodos, grandes, espaçosos, ladeados por grandes janelões, circundados por grossas madeiras; reparou no chão, brilhoso, feito também da mais pura madeira; atentou para os detalhes dos azulejos que enfeitavam algumas paredes; mirou o teto e se impressionou com a altura do pé-direito e com a largura dos corredores...

Olhou no relógio, já passava da hora do almoço, resolveu sair. Se pelo menos encontrasse aquele tal Menininho de Zizete que tinha sido entrevistado... Mas garotos vendendo bolinho de aipim tinha aos montes por ali! Como ia saber quem era o Vanderbilson? Ia ter que abordar um por um... E isso ia demorar! A mãe ia estranhar a demora e a desculpa que tinha dado não ia colar. Melhor ir logo para a imobiliária onde o pai trabalhava.

Douglas estava parado em uma das portas de entrada da Casa das Sete Mortes, com as mãos no bolso da bermuda, enquanto tentava coordenar os pensamentos e buscar alguma inspiração, quando ouviu alguém cantando um pregão se aproximando da casa:

Quem não come se arrepende,
E quem come só repete
O bolinho de aipim
de...

Menininho de Zizete.

SERÁ QUE VOCÊ SABE?

Quem estava cantando o verso acima? A rima pode te ajudar a descobrir!

Acertou sem usar o decodificador? Marque um ponto na Ficha de Detetive na página 104!

Era sorte demais! Incrédulo, Douglas deu de cara com o garoto que procurava.

— A... A... ATCHIM! — Soltou um tremendo espirro, tamanha a sua excitação.

— Douglas?! — ouviu uma voz conhecida lhe chamar.

Era Paraguaçu, que chegava com sua família e mais os Botelho para visitar a Casa das Sete Mortes.

No vai e vem de beijos e abraços, para desgosto de Douglas, que tentava por todos os meios olhar para os lados, esquivando-se dos cumprimentos, Menininho de Zizete desapareceu no meio do povo.

# 4

NA CASA DAS SETE MORTES

— Pega! Pega o vendedor de bolinho! — Douglas gritou a primeira coisa que lhe veio à cabeça e saiu correndo na mesma direção que Menininho de Zizete havia tomado.

— *Oxe*! É a polícia, é? Bora para casa já! — gritou Botelho, puxando a esposa pelo braço. Eles estavam chegando à Casa das Sete Mortes naquele exato momento. — Este lugar, esta casa… Não sei por que nos trouxe aqui, Nonô!

— Calma, Botelho! Eu me lembrei da Sete Mortes no caminho! Como a Igreja de São Francisco, ela é um lugar de muita história!

— Ah, mas das histórias daqui eu bem que sei… — o convidado confessou, nervoso. — Não entro aí por nada neste mundo!

Mas empurra de lá, conversa daqui, acabaram por convencê-lo a entrar. Branca, que estava sempre em busca de novidades para seu negócio de festas e, naquele momento, conversava com uma vendedora de brigadeiro de jaca, especiaria que fazia o maior sucesso na cidade e em todo o Nordeste, nem tinha visto a confusão. Seguiu o marido e os amigos, acreditando que estava tudo na mais perfeita paz.

— Mas o que foi que deu no Douglas? — Carrapato comentou com a irmã enquanto passavam pelo cômodo de entrada da Casa. — Você viu que ele saiu disparado rua abaixo?

— Coitadinho! Ele parecia assustado… — disse Paraguaçu.

— Ai, *coitadinho*! — repetiu o gêmeo, imitando o jeito da irmã, em tom gozador. — Agora, mais engraçado foi o seu Botelho dando chilique para entrar na casa. Não entendi nada. Que gente maluca! Eu, hein!

— Meninooooos! Fiquem perto da gente! — berrou seu Nonô, que estava logo adiante, entrando em um corredor.

— Vamos logo, Carrapato.

— Tô indo, mas contrariado. Olha para esse sol! Você faz ideia de como eu queria surfar no Quebra-Coco? Vou pegar esses *Botelhos* e botá-los para correr.

Paraguaçu, rindo da brincadeira do irmão, arrastou-o corredor adentro, sem perceber que Douglas acabava de aparecer na porta da Sete Mortes.

Não havia conseguido encontrar o vendedor de bolinhos. Também, eram tantos os meandros e as ruelas do Pelourinho! Mas, enquanto voltava em direção à Casa, ele pensou que nada era por acaso: ao sair correndo quase atropelara Carrapato e Paraguaçu; não tinha tempo para explicações, então seguiu desabalado, sem pensar muito nos amigos. Mas talvez aquele encontro com os gêmeos tivesse sido oportuno: talvez fosse bom comentar com eles tudo o que se passava na sua cabeça — ou melhor, na sua mente detetivesca. Entrou novamente na Casa, e logo os avistou perto do grupo dos adultos.

— O que é que lhe deu, menino? — foi logo perguntando seu Nonô.

— Foi assalto, foi? — quis saber seu Botelho. — Veio polícia?

— Foi, não, gente. É que eu achei que conhecia o menino dos bolinhos e saí correndo atrás dele. Mas me enganei.

— Vixe! Quase matou minha mulher de susto! — disse o Botelho.

— Até parece, marido! Foi você que se assustou, homem! — Mara o repreendeu.

Sem graça, ele disfarçou.

— Vamos terminar logo de ver essa casa!

E os dois casais se afastaram dos jovens.

— Abre o jogo aí, Douglas. Eu ouvi bem que você gritou "Pega! Pega!". Que rolou? — perguntou Carrapato.

Douglas puxou os gêmeos para um canto do saguão da Casa e contou a história toda. Como aquela notícia na internet tinha mexido com seu faro de detetive, a decisão de ir até o Pelourinho investigar, o passeio até lá, a história fantasmagórica que tinha ouvido o guia contar, como havia vasculhado a casa e, finalmente, como num passe de mágica tinha dado de cara com Vanderbilson, ninguém mais, ninguém menos que o próprio Menininho de Zizete.

— É isso, gente. Tô bem a fim de desvendar esse mistério. Quem topa?

— Ou eu sou abestado ou sou paspalho... — interrompeu Carrapato.

— Deixe o Douglas continuar! — pediu a irmã.

Mas quem continuou foi o gêmeo.

— Olha, só quero saber que briga é essa que você quer encarar. Vai me dizer que acreditou nessa história de fantasma?

— Óbvio que não acreditei! Quero dizer... bem, não sei! Não enche! — Douglas tentava se fazer de forte. — Mas, poxa! Se não for verdade, então alguém está tentando aterrorizar as pessoas, e alguma intenção tem. Não acham?

— Claro! O Douglas tem toda razão! — concordou Paraguaçu prontamente.

Carrapato ficou pensativo.

— É verdade, você pode estar certo, Douglas, mas por que quer se meter nisso? O que é que a gente pode fazer? Você tem algum plano?

— Bom... Respondendo na ordem: vocês sabem que eu adoro História, principalmente a da nossa terra, né? E também não sou de ficar de braços cruzados quando posso fazer alguma coisa, principalmente se vejo que há alguma injustiça rondando. Mas, sobre o plano... Aí é que tá: não tenho nenhum. Vocês topam me ajudar a descobrir o enrosco?

— Eu tô dentro! — se empolgou Paraguaçu.

— Como não podia deixar de ser, né, ô puxa-saco do Douglas! — implicou Carrapato.

— E você, como bom *carrapato* que é, também vai ter que embarcar nessa — respondeu a irmã à altura.

— Valeu, gente! — disse Douglas, ignorando a briga dos dois. — Antes de mais nada, temos que bolar um plano muito do bem bolado. Você tá com o *tablet* aí, Paraguaçu?

A menina abriu a mochila e lá estava ele, o companheiro inseparável, bem protegido dentro de uma capinha rosa coberta de corações coloridos.

— Queria que vocês vissem a notícia que eu li de manhã. Entra aí na *Tribuna de Notícias*, Paraguaçu, e dá uma busca em "fantasma da escrava".

— Achei! — exclamou ela.

Os dois meninos ficaram ao redor da menina para ler a notícia.

— Tá certo, Douglas: a primeira coisa que temos a fazer é encontrar esse tal de Menininho de Zizete. Ele é a peça-chave da investigação! Pode ser que saiba mais detalhes — disse Paraguaçu, convicta.

— Troquei o surf no Quebra-Coco pelo Racha-Cuca — resmungou Carrapato.

— Paraguaçuuuuuuuuuu! — Ouviram dona Branca berrar, afastando o mar de pessoas que estavam em sua frente.

— Temos que ir, Douglas. Mais tarde lhe ligo.

Os gêmeos saíram em disparada, seguindo os pais e o casal de amigos.

Os meninos, de tão absortos que estavam em seus planos detetivescos, como diria Douglas, nem perceberam que, bem próximo a eles, encostado em uma das paredes azulejadas da Sete Mortes, um homem, suando em bicas, parecia muito interessado na Casa — de um jeito quase exagerado, até. Com uma câmera digital profissional nas mãos, ele observava atentamente todos os detalhes da construção. Tirava fotos, anotava, olhava de novo, andava, virava... Se não fosse apenas um turista, daria para arriscar que era arquiteto, engenheiro ou algo do gênero.

Douglas ficou observando os amigos se afastarem com o coração acelerado. Olhou para o relógio do celular, viu que ainda tinha tempo para fazer a visita programada ao pai. Resolveu relaxar um pouco e ir andando devagar. Deu alguns passos e notou um pequeno pano branco no chão. Abaixou-se para pegá-lo: era um lenço de pano. Quem usaria um desses hoje em dia? Parecia novo. De quem seria?

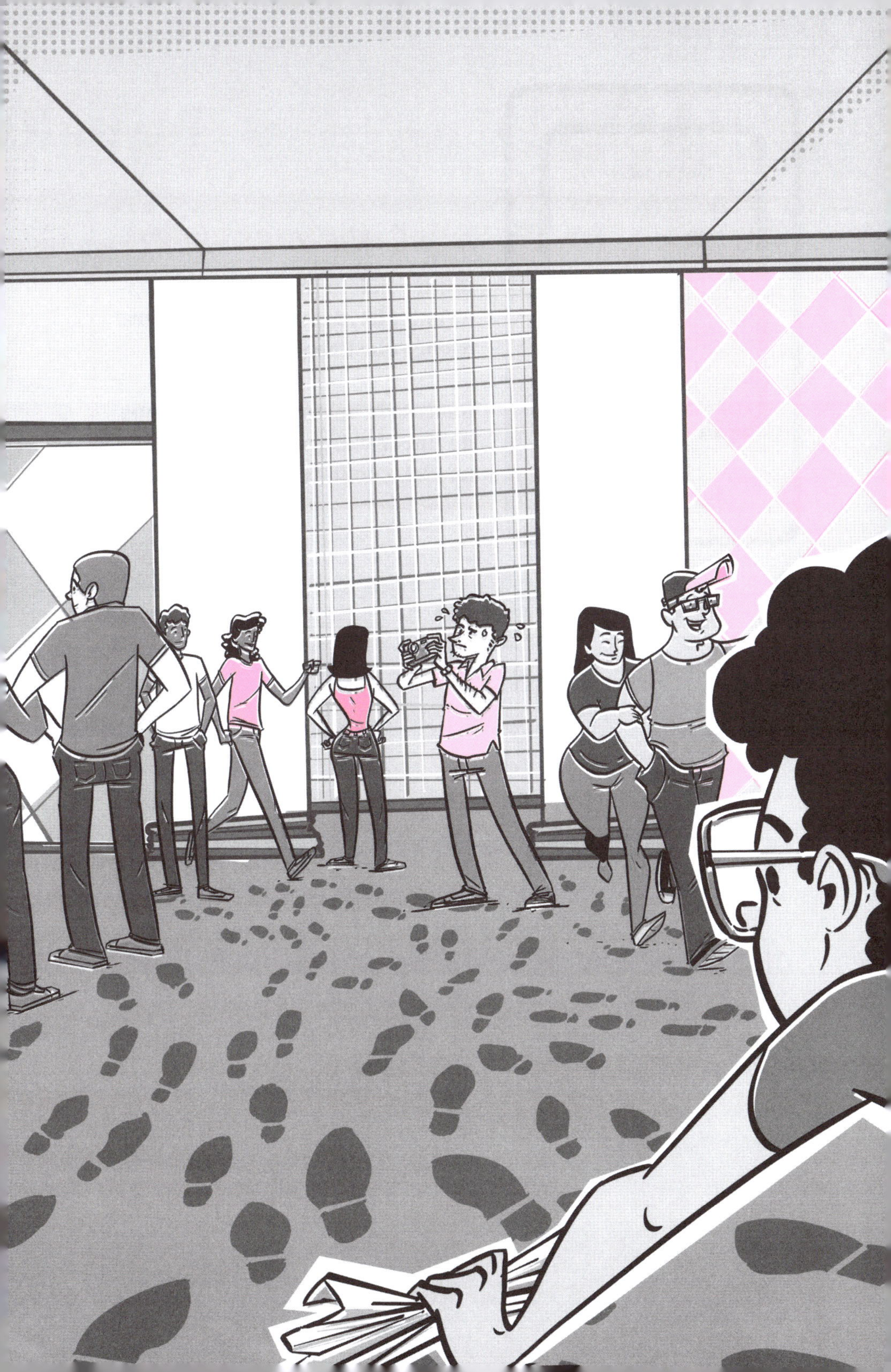

Do homem que tirava fotos.

SERÁ QUE VOCÊ SABE?

Observando a ilustração da página anterior, descubra de quem era o lenço que Douglas encontrou.

Descobriu apenas com seus olhos de lince? Marque mais um ponto na Ficha do Detetive!

5

UM NOVO ALIADO

Após pegar o lenço, por mais que Douglas olhasse à sua volta, na intenção de devolvê-lo, não encontrou ninguém que parecesse tê-lo perdido. Mas percebeu duas letras caprichosamente bordadas numa das pontas: **NC**. Enfiou o lenço no bolso da bermuda, com a intenção de entregar a um segurança na saída.

Olhou de novo o relógio. Passava do meio-dia. "Não é à toa que minha barriga tá roncando. Agora é que vou correndo encontrar meu pai na imobiliária. Pegar carona num vatapazinho esperto não vai ser nada mau", pensou o garoto.

Mas foi quando se dirigia ao bairro em que ficava a imobiliária Ache Aqui que Douglas ouviu de novo o pregão do vendedor de bolinhos de aipim. Parou imediatamente, no meio da calçada, e ficou aguardando ele aparecer. Quase causa um acidente com sua freada brusca: uma senhora que caminhava apressada logo atrás dele não percebeu que o garoto tinha parado e por pouco não foi para cima dele, derrubando no chão a sacola lotada de frutas e legumes que segurava.

Estava numa confusão de pedidos de desculpas quando Menininho de Zizete surgiu na esquina, carregando seu tabuleiro já quase vazio.

Deu uma vontade danada em Douglas de espirrar, mas ele conseguiu se conter, aproximando-se do vendedor.

— Oi, Menininho de Zizete!

— *Oxe*, como sabe meu nome?

— Pois você não fala dele na música que canta?

O vendedor deu risada.

— Verdade! Bom, arremate o tabuleiro, menino! Daí já posso voltar para casa.

Douglas imediatamente admirou aquele garoto, que parecia só um pouco mais novo que ele e passava os dias indo e vindo debaixo daquele sol escaldante para ganhar a vida vendendo bolinhos. Será que ele faria algo semelhante?

— Levo só um, Menininho, mas quero bater um papo com você.

O vendedor aproveitou para encostar na parede e relaxar os ombros do peso do tabuleiro. Deu um longo suspiro, tirou o boné e enxugou o suor da testa.

— Pois pode dizer!

Douglas convidou o garoto para tomar uma água de coco numa barraca ali perto. Já tinha sacado que o vatapá de almoço ia dançar. Mas a fome era muito menor do que a comichão de curiosidade que já entrava pelas suas narinas — tanto que, até sentarem à mesa, ele deu dois profundos e sonoros espirros.

A conversa começou sobre os bolinhos de aipim. Mas, conforme eles iam se conhecendo, passou para futebol, esportes preferidos, meninas, dificuldades e matérias preferidas na escola, família, enfim, tudo aquilo que se conversa pela primeira vez com alguém que parece ser um amigo de longa data. E foi daquele jeito, mais íntimos, sentados no meio-fio e saboreando a terceira ou quarta água de coco geladinha, que Douglas finalmente tocou no assunto da notícia do jornal.

— Foi você quem o repórter da *Tribuna* entrevistou sobre a Casa das Sete Mortes, não foi?

— Foi! Acha que tem outro menino com meu nome na Bahia? Ou no mundo? — divertiu-se o garoto. — Minha mãe só me registrou quando entrei pra escola, com 8 anos de idade. É que não podia me matricular sem registro, né? Até então, só me chamavam a partir do nome dela, que é Zizete: por isso Menininho de Zizete.

Douglas deu um longo gole em sua água de coco. Aquela conversa estava fazendo com que refletisse, mais do que nunca, sobre sua vida e a de outras pessoas na mesma cidade em que morava. Como era possível tanta desigualdade? E era assim, não? Pois, se o menino que tinha quase a mesma idade que ele só teve um nome próprio aos 8 anos, imagine só o que mais não tinha lhe faltado. Aquilo gerou um aperto no peito dele.

— E agora, depois do registro, o seu nome ficou... Van... como é que é mesmo?

— É Vanderbilson! Mas ninguém sabe falar, todo mundo se confunde. Foi uma homenagem que minha mãe quis fazer aos pais dela, meus avós, que eu não conheci: Vanderléa e Nilson. Daí ia ser Vandernilson. Mas o escrivão errou, e ficou Vanderbilson. Para resumir: todo mundo continua me chamando de Menininho de Zizete mesmo. Mas para que quer saber se fui eu que dei a entrevista, hein?

Então Douglas contou tudo. Começou explicando o quanto gostava de narrativas de detetive, filmes de suspense, mistério. Depois, falou da notícia que lera pela manhã e do quanto tinha ficado intrigado com a história do fantasma. Depois, comentou a visita que fizera à Casa das Sete Mortes e contou a lenda que ouvira do guia. Seria verdade? Ou alguém estava querendo se aproveitar disso para algo mais? Contou que era apaixonado por Salvador e que não podia nem imaginar que alguém se atrevesse a estragar qualquer patrimônio dela, principalmente do centro histórico, do Pelourinho!

— Pensa comigo, Vanderbilson... Se o fantasma espanta os turistas, espanta também os alunos do centro cultural e os professores. Em pouco tempo, a Casa das Sete Mortes pode fechar as portas! Fora que, pelo que ouvi o povo dizendo, o tal espectro perambula por outros lugares do Pelourinho...

> **VOCÊ SABIA?**
> Pelourinho, mas pode chamar de Pelô! Você ainda vai ler muito esse nome por aqui, e em qualquer outro lugar que pesquisar sobre a história de Salvador. É um dos bairros mais conhecidos da cidade e faz parte do chamado centro histórico. Guarda em suas ladeiras características da colonização portuguesa e muito daquilo que chamamos de "cultura baiana". Curioso para saber mais? Então não perca os textos das páginas 108 a 117.

Menininho de Zizete ouviu em silêncio as calorosas explicações de Douglas. Então disse:

— Eu também adoro Salvador! De jeito nenhum quero que a cidade seja prejudicada! Sai fora! Se quiser ajuda para arrumar um plano...

Mais uma vez Douglas não conseguiu conter o espirro, de tão animado que ficou. Era disso que precisava: de um plano! Ia começar a bolar um com Paraguaçu e Caramuru, e agora poderia contar com a ajuda do novo amigo.

— É isso aí, Vanderbilson! Por onde a gente começa?

— Olhe, vamos começar por... comida. Tô com uma fome arretada.

— Eu também! Lhe convido, topa?

— Precisa não. Trouxe marmita que minha mãe preparou — agradeceu Vanderbilson, mostrando um pequeno embrulho que levava no tabuleiro.

— Deixa de cerimônia, eu faço questão! Guarda a marmita pra amanhã — insistiu o outro.

Depois de alguns minutos, os dois garotos saboreavam um delicioso acarajé com muito azeite de dendê. E foi então que o Menininho de Zizete fez uma inesperada revelação.

CONVERSA ENTRE IRMÃOS

Assim que colocou o pé em casa, Paraguaçu começou a tentar falar com Douglas.

— Estou preocupadíssima.

— Preocupadíssima com o quê, garota? — perguntou Carrapato.

— Faz umas duas horas que estou ligando pro celular do Douglas e só cai na caixa postal. Já mandei um monte de mensagens e nada de ele responder!

— E posso saber qual é o motivo da emergência?

— A gente não combinou de continuar o assunto da investigação? Já esqueceu, foi?

Carrapato deu de ombros.

— Esqueci mesmo. Tô amarradão é neste sol! Já tá quase no fim do dia e ele continua me chamando pro Quebra-Coco. Faz um favor, maninha? Dá uma espiada aí no seu querido *tablet* e vê a altura das ondas que tão rolando por lá. Vou me trocar e me mando assim que os Botelho *botalhem* a carcaça na rede para tirar um cochilo.

Paraguaçu nem ouvia mais o que o irmão falava. Ele saiu para colocar a roupa de surfe enquanto ela entrava na página da operadora do celular de Douglas para ver se havia algum aviso de pane no sistema. Não era possível, onde será que ele tinha se enfiado? Da página da operadora, que não informava nenhum problema, ela passou para a da *Tribuna*; queria ler novamente a notícia sobre o fantasma. Saiu da página do jornal, procurou em um site de buscas por "centro histórico de Salvador" e rapidamente um mapa turístico da cidade pulou na tela.

> **Veja na página 106 o mapa que Paraguaçu encontrou.**

— CARAMURU!!! Ô, CARAMURU! — chamou Paraguaçu, apressada.

O irmão apareceu na soleira da porta, já devidamente paramentado para o surfe, com a expressão assustada.

— *Oxe*, o que foi agora?! O que aconteceu, Paragua?

— Vem aqui, quero lhe mostrar uma coisa! Rápido!

— Pois mostre logo, que já estou atrasado para o meu encontro com as ondas, maninha! — disse, dando um sorriso maroto e aproximando-se da irmã.

— O que é?

— Olhe aqui na tela.

— Pois tô olhando.

— E não tá vendo, não?

— Você desandou, foi, Paragua? Só tô vendo o mapa do centro histórico de Salvador! O que tem de mais?!

— Pois é isso mesmo! Tá dormindo? Não foi lá que toda a história que o Douglas contou pra gente aconteceu?

— Que história, minha irmã?

— O caso do fantasma! ACORDA, CARRAPATO!

— Ai, maninha, na boa, desliga disso. É tudo bobagem. Só que...

Paraguaçu arregalou os olhos, numa curiosidade incrível. Pegou o irmão pelos braços e começou a sacudi-lo:

— Fala, Caramuruzinho! Fala, fala, fala!

— Calma, menina, tá biruta? *Oxe*... Me larga! Bom, é assim: na Casa das Sete Mortes, quando você ligou o *tablet* e nós estávamos lendo a notícia do jornal...

— Era notícia de assalto, era? — perguntou seu Botelho, entrando na sala com dona Branca e seu Nonô, que mal tinham chegado em casa e já estavam de saída para o buffet.

— Não, nada disso, seu Botelho. Pode ficar tranquilo. Bem... tô indo, pessoal, falou!

— E pra onde você vai, Caramuru? — perguntou a mãe.

— Vou surfar no Quebra-Coco.

— Ah, olhem só que maravilha! O Botelho acabou de comentar conosco que gostaria de dar uma volta enquanto a mulher descansa na rede. Vocês podem ir juntos, ele não conhece nada por aí.

Visivelmente irritado e achando que ia ser um verdadeiro mico chegar com seu Botelho na praia, Caramuru saiu carregando o amigo do pai e maldizendo em pensamento a sugestão dada pela mãe.

A HISTÓRIA DO VENDEDOR DE BOLINHOS

Douglas continuava espirrando. Desta vez, por causa da areia que o vento insistia em trazer para a calçada. Mas isso era o de menos, não o incomodava nem um pouco. Estava felicíssimo com a história que o Menininho de Zizete começava a contar. Felicíssimo e curiosíssimo.

— Uma tarde, quando meu tabuleiro já estava vaziozinho e eu ia embora da Casa das Sete Mortes, passei por três homens que conversavam. Como falavam baixo, achei suspeito e parei perto deles, fingindo que arrumava o tabuleiro. Daí, eu ouvi que estavam combinando um encontro na noite seguinte. Não sei por quê, mas achei que eles tinham jeito de quem está tramando coisa ruim. Todo mundo está cansado de saber que a Casa das Sete Mortes fecha às cinco da tarde, então como é que eles iam se reunir lá de noite?! Fui embora, mas fiquei com aquilo martelando na cabeça. No dia seguinte, trabalhei, como sempre, por todas as bandas do Pelô, mas não encontrei nem sombra dos homens. De noite, decidi voltar para perto da Casa, para ver se eu os avistava. Fiquei rondando e observando todas as portas, para ver se aparecia alguém, e olhei por uma das janelas. Foi aí que vi o fantasma. Empaquei que nem jegue com fome, como diz minha mãe. Um vulto dançava pela casa toda, iluminada só por uma luzinha de nada. Lembrei da escrava que matou a família e depois se matou. Ela é famosa aqui entre os moleques do bairro. Será que era o fantasma dela, eu pensei? Tive muita vontade de colar mais os olhos no vidro para ver melhor, mas e a coragem? Minhas pernas tremiam muito! Quando consegui me mexer, bati em retirada, sem olhar pra trás. Só queria me enfiar em casa, ficar perto da minha mãe.

— E os tais homens esquisitos, Vanderbilson? — perguntou Douglas, intrigado.

— E não é que naquela mesma noite, no momento em que eu corria para casa, vi os três em frente ao Museu dos Azulejos?

— Do Museu de Azulejaria e Cerâmica, Vanderbilson?

— É, isso mesmo! Aquele da rua Frei Vicente.

> **Veja no mapa da página 106 onde fica o Museu de Azulejaria e Cerâmica.**

— E daí?

— Daí nada, né! Passei quietinho e fui pra casa, morrendo de medo. Mas no dia seguinte, com calma, fiquei pensando: vai ver eles estavam se reunindo no Museu do Azulejo!

— É, pode ser... — concordou Douglas, pensativo.

— Fiquei com a pulga atrás da orelha depois daquilo tudo. E resolvi agir.

— Como?

O vendedor de bolinhos contou ter ido até as proximidades do Museu de Azulejaria na noite seguinte, para se certificar de que os homens estranhos estariam por lá. Tinha sido o maior sufoco sair de casa sem que a mãe percebesse (precisou esperar ela cair no sono, e isso levou o maior tempão). Mas não viu nada. Alguns dias depois, ainda intrigado, tomou coragem e voltou à Casa das Sete Mortes, também à noite. E lá estava o fantasma! Mas Vanderbilson era um menino corajoso.

— Tenho medo mesmo é de faltar dinheiro em casa, viu, Douglas. O fantasma me pegou desprevenido na primeira vez, mas, depois que eu já imaginava que ele estaria por lá, quase não me assustei.

Douglas, incrédulo, nem podia imaginar ficar cara a cara com um fantasma.

Perdido em pensamentos, Vanderbilson foi despertado pelas únicas vozes que, ao que parecia naquele momento, soavam no Pelourinho:

eram os três homens, os mesmos da noite que, passando pela Casa das Sete Mortes, pareciam não dar a menor importância ao fantasma que iluminava as janelas e os azulejos do antigo casarão.

Decidido, Menininho de Zizete os seguiu. E chegaram ao Museu de Azulejaria, no qual entraram tranquilamente, destravando a porta da frente, sem dar a mínima para o vigia do lugar.

Vanderbilson, mesmo cansado depois de um dia cheio de trabalho, aguentou firme: driblou o sono e esperou até que os homens saíssem novamente. Com isso conseguiu ouvir direitinho a combinação: eles voltariam ali, na mesma hora, dentro de uma semana — ou seja, naquela terça-feira —, e então acertariam os últimos detalhes do "negócio".

Douglas estava para lá de intrigado.

— Caramba! O que é que os três queriam no museu? Por que escolheram bem aquele lugar? — disse, já pensando que faria uma pesquisa sobre o museu mais tarde, já que não o conhecia tão bem. — Bom, Vanderbilson, você tá pensando em ir ao museu na próxima terça para ver se descobre mais alguma coisa sobre essa história?

— E acha que eu vou perder essa?

— Então vou com você — Douglas decidiu. — A gente entra no museu no horário de funcionamento normal e fica lá escondido até fechar. Daí espera os tais homens chegarem e descobre que mistério é esse. E o fantasma, hein? Caramba... Será que tem algo a ver com isso? Você se esqueceu dele, foi?

— E por acaso dá para esquecer um fantasma? Lógico que não esqueci! É que, sei lá, os homens me deram mais medo que ele. Se você quiser, passamos na Casa das Sete Mortes também e investigamos tudo de uma vez. Topa?

— Errrr.... bem... Tá, tá certo, vamos nessa. — Douglas sentiu um frio intenso no estômago, mas resolveu se mostrar valente para o novo amigo. — A que horas, Vanderbilson?

— A gente se encontra às quatro e meia da tarde na porta do Museu de Azulejaria.

Despediram-se com a sensação boa que dá quando se encontra um amigo. Só por isso a aventura já tinha valido, pensou Douglas. Tomou o rumo de casa e, no caminho, ligou o celular, que estava desligado desde o início do bate-papo com Vanderbilson. As mensagens de Paraguaçu quase deram uma pane no aparelho. Assim que chegou à praça da Sé e conseguiu pegar o ônibus que o levaria de volta para casa, ligou para a amiga.

— O que foi, Paraguaçu?! Quase travou meu celular!

— Ahhh, Douglas! Você sumiu! Morreu e ressuscitou, foi? Onde você tava, menino? Fiquei aflita que nem não sei o quê!

— Relaxa, Paragua. Eu tava dando andamento ao nosso plano investigativo. Adivinha...

— Fala logo!

— Vixe! Pois eu tava com o Menininho de Zizete.

Paraguaçu passou de aflita a ansiosa. Queria saber de todos os detalhes da conversa. Exigiu que o amigo parasse em sua casa para contar tudo. Mas Douglas achou melhor ir primeiro para sua casa. Tinha saído de manhã, dito que ia passar na imobiliária, e nada. Àquela hora o próprio pai já estaria de volta, e ele e sua mãe podiam estar preocupados. Melhor ir para lá, antes que algum castigo nada providencial o impedisse de dar andamento ao fabuloso plano que ele e os amigos começavam a tramar.

8

SURFE FRUSTRADO

Nonô e Branca tinham voltado do buffet; Mara finalmente tinha levantado da rede; Paraguaçu já tinha lavado e secado os longos e negros cabelos, operação sempre muito demorada; e nada de Caramuru voltar da praia com o Botelho.

Quando já começavam a ficar preocupados — afinal, anoitecia —, a porta de entrada se abriu e Botelho entrou, seguido de um Carrapato irritadíssimo.

— Até que enfim apareceram, hein! — reclamou Branca. — O que foi que deu em vocês para demorar tanto? Vai me dizer que estava surfando até agora, Caramuru? Estávamos preocupados!

— Surfando? Pois eu nem passei perto do mar, minha mãe!

— *Oxe*! Pois não saiu de casa para isso? — espantou-se Nonô.

— Sair, saí, meu pai. Mas me diga se o seu Botelho deixou! Me fez ir com ele até a Baixa dos Sapateiros! Paguei o maior mico: de roupa de surfe e prancha debaixo do braço, subindo e descendo a Baixa, do Aquidabã ao Desterro, no meio de toda aquela gente, aquelas ruas lotadas de lojas e mais lojas, batendo em todo mundo sem querer. Eu mereço?

Caramuru saiu da sala, deixando Nonô, Branca e Paraguaçu pensativos. Por que Botelho não havia dito logo de manhã que queria conhecer a Baixa dos Sapateiros?

SERÁ QUE VOCÊ SABE?

Por que o Botelho deveria ter dito de manhã que queria conhecer a Baixa dos Sapateiros? Dica: veja o mapa da página 106 antes de responder.

Matou? Marque um ponto na sua Ficha de Detetive!

Porque a Baixa dos Sapateiros fica perto do Pelourinho, onde eles estavam.

Mas quando Nonô ia perguntar isso ao amigo, ele se adiantou.

— Não quis incomodar vocês com mais esse passeio de manhã. A visita à Igreja de São Francisco foi demorada, depois você ainda quis ir à Casa das Sete Mortes... E, além disso, Branca mais Mara queriam ir ao Mercado Modelo. Quando sugeriram que eu fosse com Caramuru, propus que a gente fizesse esse passeio. Afinal, ele pode surfar todo dia, né? O mar não vai fugir! E o passeio foi tão bom, fiquei me lembrando daquela canção antiga do Ary Barroso... Acho que o Caramuru não gostou nada. Fiquei passeando com ele por aquelas ruas movimentadas cantando que nem o Caymmi: "Na Baixa do Sapateiro eu encontrei um dia/ A morena mais frajola da Bahia/ Pedi-lhe um beijo, não deu/ Um abraço, sorriuuuuuu"...

Cantando assim, Botelho deu um sorrisinho e saiu, abraçado à esposa, em direção ao quarto de hóspedes.

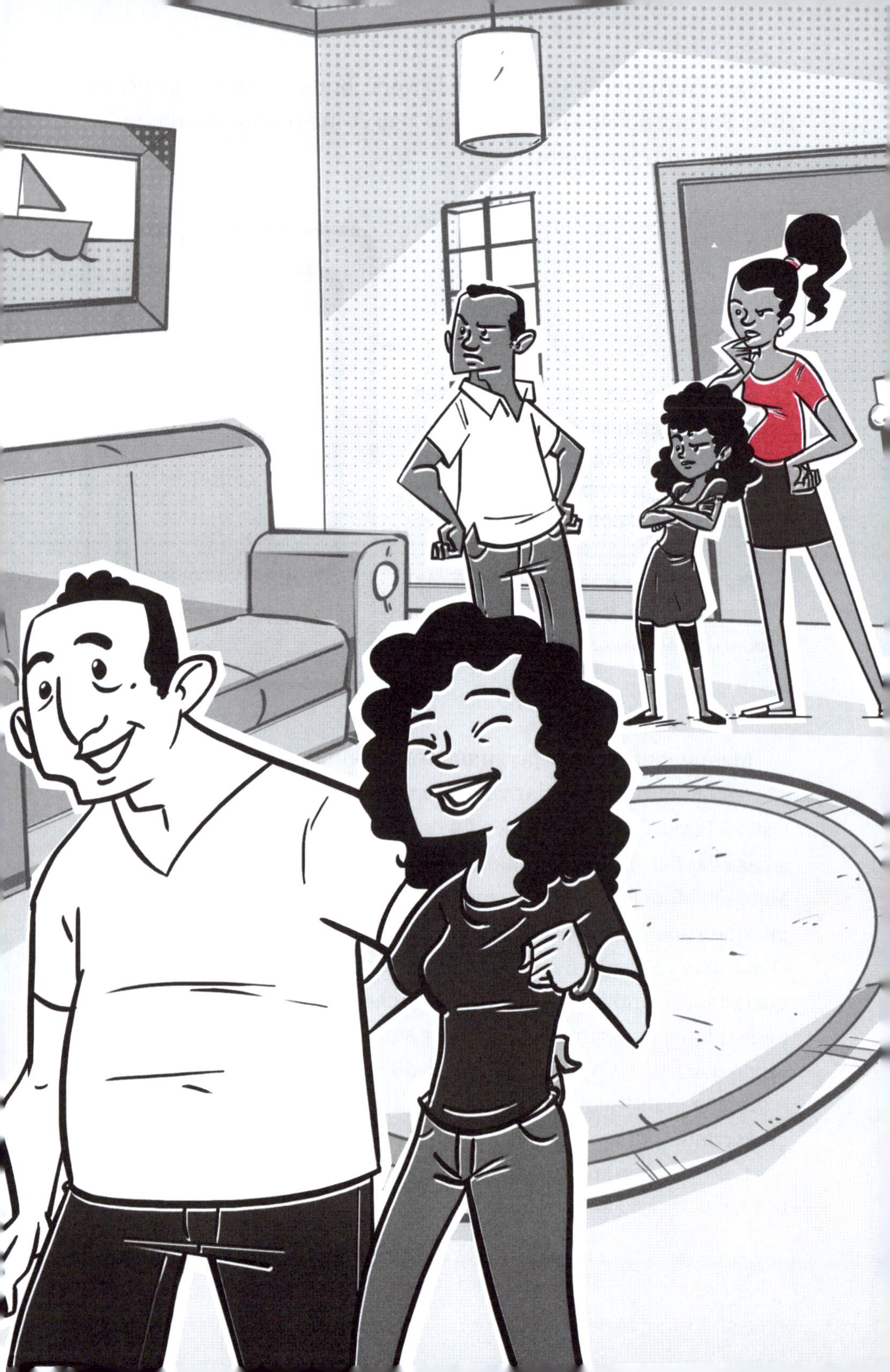

> **VOCÊ SABIA?**
>
> A família Caymmi é conhecida em todo o Brasil por sua produção musical. O pioneiro e talvez mais conhecido deles é Dorival Caymmi. Nascido em Salvador em 1914, sofreu fortes influências da cultura afro-brasileira, o que determinou seu estilo musical. Seu primeiro grande sucesso, lembrado ainda hoje, foi "O que é que a baiana tem?", interpretado por Carmem Miranda na década de 1930. Suas canções influenciaram gerações de músicos, inclusive Caetano Veloso, que uma vez disse: "Escrevi quatrocentas canções e Dorival Caymmi, setenta. Mas ele tem setenta canções perfeitas, e eu, não".

— Meu pai! Me desculpa, mas de onde surgiram esses dois malas? — resmungou Paraguaçu.

— Não seja malcriada, menina! — repreendeu Nonô. Depois comentou, pensativo: — Mas sabe que eu não conhecia os Botelho pessoalmente antes deste fim de semana? Achei até estranho quando ele me ligou pedindo para ficar em casa. A gente mal se conhecia: compramos alguns doces feitos pela Mara para festas que organizamos, mas ela nunca tinha vindo para Salvador. A gente fecha as encomendas e manda buscar os doces.

— Até quando eles ficam? — quis saber a filha, sem esconder o tom desesperado da voz.

— Vão embora na quarta. Terça o Botelho disse que tem uma reunião de trabalho aqui em Salvador.

Foi quando a campainha tocou, interrompendo a conversa.

Era Douglas. Havia lanchado com os pais e se desculpado pelo sumiço da tarde toda. Mas não contara nada sobre as investigações, as descobertas e o que ainda pretendia descobrir. Era melhor assim.

Ao entrar na casa dos Mendonça, viu Paraguaçu indo em sua direção, com os cabelos brilhando. E se assustou um pouco com o pensamento que lhe ocorreu, rápido e intenso como uma fagulha: "Que linda!". Deu um espirro.

Nonô cumprimentou Douglas e pediu licença para se juntar a Branca, que estava na cozinha. Os dois adolescentes ficaram a sós.

— Pode tratar de me contar tudinho, seu Douglas.

— Tudinho o quê? — perguntou Carrapato, que chegava à sala, recém-saído do banho.

— Mas é mesmo um *grude* esse meu irmão!

— Olha só, não vão começar com as discussões de vocês, que eu não tenho muito tempo — cortou Douglas, acomodando-se em uma poltrona perto da amiga. — Senta aqui com a gente, Carrapato, que tenho novidades sobre a investigação.

— Sobre o caso do fantasma no Pelô? — perguntou o amigo.

— É lógico! E que caso mais podia ser? — irritou-se Paraguaçu.

— Bom, se é esse, também tenho algo pra contar. Mas fala você primeiro, Douglas.

Douglas contou toda a conversa daquela tarde com Menininho de Zizete. Disse que o garoto era bem legal, que se chamava Vanderbilson, que os outros dois precisavam conhecê-lo... Então chegou ao ponto principal: Vanderbilson tinha visto três homens suspeitos entrarem no Museu de Azulejaria à noite.

Paraguaçu nem deixou o amigo terminar de falar e já foi pegando o *tablet* para pesquisar sobre o museu. Mas Douglas, tirando um papel do bolso, se adiantou:

— Não precisa pesquisar, Paragua! Entrei num site de busca em casa e encontrei o seguinte sobre o museu:

"Em 1994, o Governo da Bahia adquiriu o valioso acervo do ceramista alemão Udo Knoff, inaugurando, no dia 18 de maio do mesmo ano, o Museu de Azulejaria e Cerâmica Udo Knoff. É o único museu do gênero da América Latina. O acervo, assinado pelo ceramista alemão, tem mais de 1.200 peças e também abarca outras por ele coletadas. Destacam-se azulejos nacionais das fachadas do casario de Salvador e também estrangeiros, dos séculos XVI ao XX, vindos de Portugal, França, Holanda, Inglaterra e Itália. Além dos azulejos, o museu também abriga ferramentas de trabalho e maquinário. O imóvel no qual funciona o museu é uma construção do século XVIII. As visitas monitoradas ocorrem de terça a sexta, das 10 às 18 horas; sábados, domingos e feriados, das 13 às 17 horas."

— Você é mesmo engraçado, Douglas — disse Carrapato. — Sua pesquisa foi tão completa que até pegou o horário de funcionamento do museu!

— É claro! Já que vamos lá...

Os gêmeos entreolharam-se, espantados.

— Como assim vamos lá? — perguntou Paraguaçu.

— Vocês me ouviram! O Vanderbilson e eu vamos lá na terça-feira. E vocês vão junto, é óbvio!

Paraguaçu ficou empolgada. Para Caramuru a ideia também pareceu interessante, mas que desculpa dariam aos pais? Douglas sugeriu que os amigos dissessem que iam terminar um trabalho de escola na casa dele. E ele diria que ia fazer o mesmo na casa dos amigos.

— E se minha mãe resolver ligar pra sua casa, Douglas? Sabe como ela é colada na gente, né? — lembrou Carrapato.

— Pois nós vamos ter que cruzar os dedos, levar pé de coelho, trevo de quatro folhas, muda de pimenta-vermelha, pra não dar esse siricutico na dona Branca.

Os gêmeos deram risada do jeito de o amigo falar. Depois fizeram um pacto: um por todos e todos por um.

— E eu prometi ao Vanderbilson que a gente iria até a Casa das Sete Mortes também. Pra investigar, já que todo o lance começou com a história do tal fantasma.

A excitação era tanta que Paraguaçu e Douglas não lembraram que Caramuru tinha algo para contar. E, para falar a verdade, até ele mesmo esqueceu. Despediram-se logo depois, combinando de acertar os detalhes do plano na escola.

UMA NOITE NO MUSEU

Domingo e segunda passaram num átimo, e a tão esperada terça-feira chegou.

No intervalo das aulas, Douglas e os gêmeos combinaram os últimos detalhes da aventura noturna. A desculpa em casa já haviam dado. Agora era torcer para que os pais não se comunicassem entre si. Sabiam que mentir não era correto, mas estavam trabalhando para o bem do patrimônio baiano — ou enfrentando a mais misteriosa e assombrosa alma penada. Portanto, estavam pra lá de redimidos.

O plano foi tão bem programado que eles pensaram até em levar um lanche e algo para beber: assim a espera seria, se não mais agradável, pelo menos protegida da fome, o que já fazia uma diferença e tanto!

Paraguaçu levaria o *tablet* e o celular, para que ficassem conectados ao mundo exterior. Se precisassem de qualquer informação, em um segundo a teriam. Mas não podiam se esquecer de colocar os celulares no silencioso.

— Imagina se um dos telefones toca no meio da reunião! — ponderou Douglas.

— Falando em barulho, eu acho bom o Douglas levar uma mordaça, caso sinta vontade de espirrar — brincou Caramuru.

Aulas terminadas, mochilas arrumadas. Recomendações paternas ouvidas: que não incomodassem na casa dos outros, prestassem atenção ao trabalho escolar, jantassem direitinho e não voltassem muito tarde. Agora era pé na estrada, rumo ao Museu de Azulejaria Udo Knoff.

Os três caminhavam lado a lado, mais juntos que o normal. Seria companheirismo ou uma pitada de medo?

Quatro e meia em ponto estavam lá, na frente do museu. Menininho de Zizete esperava por eles e não se cansava de olhar para aquele casarão. Achava lindo, assim como muitos outros que ficavam ali no Pelourinho: as amplas janelas e portas dando para a rua, as paredes grossas, recentemente pintadas de cores vibrantes... Ficava imaginando quem teria morado no casarão há tantos séculos... Como era a vida naquele Brasil de então?

Saindo de seus pensamentos, notou que Douglas se aproximava, ao lado de uma menina e um menino. Douglas cumprimentou Vanderbilson e apresentou o vendedor de bolinhos aos gêmeos que, de imediato, simpatizaram com ele. Observaram o público do local: os visitantes, perto do horário de fechamento, se limitavam a alunos de escolas, que finalizavam suas visitas.

Tomando a dianteira do grupo, Douglas pôs-se a procurar um lugar estratégico para se esconderem. Menininho deu uma dica: o melhor era ficarem perto das pessoas, para não levantar suspeitas. Quando todos começassem a sair, enfiariam-se no banheiro até o museu fechar. Então sairiam e aguardariam o pessoal da reunião noturna.

— Mas e o vigia, Menininho? — perguntou Carrapato.

— Ele tranca o museu e faz a ronda só lá fora. Só entra de novo na manhã seguinte. Percebi isso na noite em que fiquei do lado de fora, de plantão.

— E se pegarem a gente no banheiro? Fora que eu sou menina, vou ter que entrar bem escondida no banheiro dos homens! — Paraguaçu se afligiu. Mas Menininho a sossegou: ficariam escondidos atrás de alguma porta.

E assim fizeram. Ficaram os quatro apertados dentro de uma cabine no banheiro masculino, e ninguém os viu. O museu foi ficando cada vez mais silencioso, até que ouviram o vigia fechar a porta da frente com o cadeado. Respiraram aliviados e saíram da cabine para se esticar um pouco.

Por volta de umas sete horas da noite, Menininho reclamou:

— Tô até com dor de barriga de tanta fome.

— Nós trouxemos um lanche — lembrou Douglas.

No banheiro, em silêncio, os amigos repartiram as guloseimas.

— Porreta! — resmungou Menininho de Zizete, saboreando um pedaço de sanduíche.

— Xiu! — fez Paraguaçu.

— O que foi? — perguntou Douglas, sussurrando.

— Ouvi um barulho!

— Danou-se! — resmungou Carrapato.

— Xiu! — repetiu a menina.

Os ruídos foram aumentando. Já se podia ouvir até vozes misturadas.

— Os homens chegaram... — balbuciou Vanderbilson, o medo percorrendo a espinha.

Pelas vozes que escutavam, parecia que não havia só três pessoas por lá.

Alguém precisava descobrir em que lugar eles se reuniriam. Paraguaçu se ofereceu. Era menor, e muito mais ágil e elástica do que os meninos. Se acontecesse qualquer coisa, poderia se esgueirar e se esconder. Carrapato abominou a ideia: qualquer um dos outros, menos sua irmã! Mas acabou sendo voto vencido.

Paraguaçu saiu do banheiro e seguiu o som das vozes, que bruxuleavam museu adentro. Pouco depois voltou, sã e salva, para alegria e alívio do irmão.

— O pessoal está na sala dos azulejos italianos, iluminada apenas por uma lanterninha. Por que será? — contou, quase num fôlego só.

— Acho que assim não são percebidos pelo vigia — arriscou Vanderbilson.

— Vamos, venham! — comandou Douglas, abrindo a porta do banheiro. — Um atrás do outro, e em silêncio absoluto.

— Esse cara se acha... — resmungou Carrapato.

— Deixa ele! — sibilou a irmã.

Pé ante pé e no escuro, os quatro conseguiram chegar perto da sala onde acontecia aquela sinistra reunião. A porta estava entreaberta.

— Mete a orelha aí! — mandou Menininho.

— É perigoso... — sussurrou Carrapato.

— Mas é preciso! Senão, como é que vamos ouvir a conversa?

Ele tinha razão. Controlando a respiração, os amigos se posicionaram na porta encostada: dois de um lado, dois de outro.

Notaram que eram quatro homens. Com aquela luz mortiça, só se percebiam os contornos dos seus rostos. Mas dava para ouvir tudo o que diziam:

— A Casa das Sete Mortes é tombada, protegida pelo Instituto do Patrimônio Histórico e o escambau! Mas basta um incêndio daqueles e já não terá mais valor algum! Aí é com a gente: arrematamos o patrimônio queimado e destruído e construímos um hotel. Já posso até ver, um prédio lindo, branco, reluzente! Sete estrelas, que cinco é pouco! Os turistas se estapeando pra conseguir uma suíte no Carnaval e ver os Filhos de Gandhi tocando e cantando. A Igreja de São Francisco restaurada todo ano, a Casa de Jorge Amado triplicando de visitantes... Tudo por causa do nosso hotel, orgulho do Pelourinho. Ninguém mais vai se lembrar do fantasma... — um dos homens sonhava. — Mas precisamos fazer tudo com muito cuidado, pois parece que teve gente fuçando de noite na Sete Mortes...

Parecendo aflito, outro homem perguntou:

— Foi outro assalto? Veio polícia?

Carrapato soltou um "Nossa!" e tapou a própria boca.

— O que foi? — perguntou Paraguaçu, sussurrando.

— Esta voz e o jeito de falar não lembram alguém?
— Vixe! Não acredito! — A gêmea pareceu entender.

Do Botelho.

SERÁ QUE VOCÊ SABE?

De quem era a voz que Carrapato e Paraguaçu ouviram?

Lembrou quem é que fala desse jeito? Marque um ponto na sua Ficha de Detetive!

Mas, antes que os dois irmãos pudessem explicar o motivo do espanto para os amigos, precisaram acudir Douglas, que ameaçava soltar um espirro daqueles.

— Não posso ficar tenso, gente!
— Pois então fica calmo e escuta! Tão falando coisas que interessam pra gente! — disse Menininho de Zizete.

E o mesmo homem que começara explicando continuou:

— Pensei que esta fosse a nossa última reunião. Mas vamos ter que fazer outra para decidir os focos que provocarão o incêndio. Isso é trabalho seu, ouviu? — Apontou, quase sem olhar para o lado, para o homem que parecia aflito e agora tremia como vara verde. — Faça um mapa da casa e marque os melhores lugares pra gente colocar as bolas de estopa com querosene. O Curió já fez a primeira análise, fotografou tudo, se passando por turista. Dentro de uma semana voltamos a nos encontrar. Mas não aqui.

— Por que não podemos nos reunir aqui? — perguntou alguém.

— Já fizemos muitas reuniões no mesmo lugar. Alguém pode desconfiar que eu tenho a chave. Vai que dá alguma zebra... Pelo sim, pelo não, é melhor ir para outro local.

— Para onde?

— Para o galpão.

— Mas que galpão é esse?

— Você está chegando agora ao grupo e não tem obrigação de saber, mas é um abestalhado mesmo! — disse o chefe. — Depois indico o caminho para você.

Percebendo que os homens se dirigiam para a porta da sala, os quatro amigos também se movimentaram para sair dali. Mas Douglas não conseguiu se conter e soltou o mais alto e espalhafatoso espirro que já havia dado na vida. Parecia mais uma sirene, um alarme. Foi um verdadeiro estrondo.

— Vamos dar no pé! — disse Menininho já correndo para o banheiro, seguido pelos outros três.

Completamente desnorteados pelo susto, pensando terem sido descobertos ali e ouvindo em vez de um simples espirro a mais poderosa sirene policial, os homens da reunião secreta mais do que depressa tomaram o rumo da saída do Museu de Azulejaria, batendo um contra o outro e andando o mais rápido que podiam. E foi naquele momento de confusão que Carrapato, espiando através de um vão da porta do banheiro, confirmou que um dos homens era mesmo o Botelho.

MOCINHOS E BANDIDOS

Quando o Museu silenciou, os garotos se sentiram seguros para comentar o ocorrido. Os gêmeos logo contaram que haviam ficado pasmos ao reconhecer a voz e o jeito de falar do seu Botelho. Que homem sem escrúpulos! Se passando por bonzinho, hospedado na casa deles, fazendo questão de pagar o almoço no Pelourinho, indo passear com Caramuru, cantando canções do Caymmi... Paraguaçu lembrou-se do pai dizendo que Botelho tinha uma reunião de trabalho naquela terça-feira. Reunião de trabalho que nada! Reunião para planejar crimes, isso, sim!

— Eu só não entendo por que os tais bandidos chamaram o Botelho para participar. Ele tem um jeito bobalhão... — disse Carrapato. — *Bote-lho* na cadeia, sem-vergonha!

— Olha, minha gente, a hora tá correndo. Será que conseguimos dar o fora daqui agora que os homens saíram correndo? — perguntou Vanderbilson.

Eram mais de nove da noite. Se quisessem chegar em casa antes de os pais se comunicarem, precisavam sair dali o quanto antes. Mas como?

O raciocínio lógico de Douglas veio à tona outra vez. Pediu aos amigos que ficassem em silêncio e foi rastejando até a porta principal. Ajoelhado, esticou o braço e girou a maçaneta. Percebeu a porta destrancada. Fez um sinal de positivo para os outros, que se juntaram a ele.

— Mas você é esperto, hein, Douglas! Como é que sabia que a porta estava aberta? — admirou-se Vanderbilson.

— Com aquela correria toda, pensei que talvez o chefe da quadrilha tivesse se esquecido de trancar a porta — respondeu ele, feliz.

E foi assim que, atentos aos apitos do vigia noturno, eles saíram do museu, sorrateiramente.

Combinando de se comunicar no dia seguinte, Douglas e os gêmeos se despediram de Menininho de Zizete, tomando o rumo da Graça, meio desanimados. Afinal, haviam se arriscado, descoberto o que os bandidos pretendiam, mas não tinham prova nenhuma. Não sabiam nem onde ficava o tal galpão, local da próxima reunião. E o fantasma? O que fariam com a outra parte da investigação?

Vanderbilson também voltara para casa matutando sobre a aventura. Onde seria o tal galpão? Precisava pôr a cabeça para funcionar. Conhecia todos os meandros do Pelourinho. Tinha tanto galpão! Em qual deles a quadrilha se reuniria? E se o tal galpão não fosse no Pelourinho, afinal?

Não muito longe dali, sentados em uma lanchonete, os quatro homens que haviam participado da misteriosa reunião, ainda estressados pelo susto causado por aquele inusitado espirro, conversavam para tentar relaxar.

— O que é que foi aquilo? Que eu saiba, o fantasma está na Casa das Sete Mortes! — disse um dos homens, caindo na risada.

— E fantasma não espirra, né? — completou outro.

— Vixe, mas só otário cai na conversa desse fantasma! — observou um terceiro.

— Conversa para otário ou não, eu tô fora disso tudo! — Botelho desabafou, para espanto geral, e ameaçou levantar da mesa.

O ambiente ficou tenso. Ele era a figura-chave do plano.

— Sou uma pessoa honesta. Quando me convidaram para o trabalho, nunca pensei que era para fazer safadeza! Eu realmente acreditei que só queriam projetar um novo hotel no centro histórico da cidade... E fui enganado! — completou, indignado.

Os outros tentaram dissuadi-lo, mas Botelho não mudou de ideia.

— Chega disso tudo! Amanhã, eu mais minha mulher voltamos pra nossa cidade. Eu devia contar tudo pra polícia. Mas não iam acreditar,

Lanches

com o passado que eu tenho. Vocês tomem cuidado! Desistam do incêndio! Se insistirem, eu conto.

— Conta o quê, Botelho? Conta o quê? — esbravejou Cavanhaque, o chefão. — Eu é que tenho coisa sua pra contar para os tiras! Você não tem como pular fora do negócio!

— Eu já paguei pelo que não fiz! Fui absolvido porque não tinham provas! — alterou-se Botelho.

— Não tinham, mas é só eu querer que terão. Tenho ainda umas coisas que roubei da Casa das Sete Mortes naquela noite. Não me custa nada entregar para a polícia e dizer que encontrei na *sua* casa.

Botelho gelou e parou de falar imediatamente. Ficou olhando para Cavanhaque com a boca escancarada, o rosto branco.

— Então... então foi você, seu safado! — gritou, partindo para cima do outro. Mas eram três contra um, e logo o seguraram pelos braços.

O dono da lanchonete saiu de trás do balcão e reclamou que não queria briga ali. Botelho se acalmou. Respirou fundo, pegou algumas notas de dinheiro na carteira para pagar sua parte da conta, jogou-as em cima da mesa e, antes de virar para ir embora, repetiu:

— Eu tô fora. Quem não deve não teme. — E então se foi.

Os bandidos ficaram estupefatos.

— Agora é tarde para o Botelho pular fora do plano. Ele sabe demais — concluiu Cavanhaque, olhando para o outro que se afastava e tomando um gole do resto do refrigerante quente e sem gás que havia no copo.

A lanchonete onde os bandidos estavam ficava bem no caminho de Menininho de Zizete. Ao passar pela calçada, o garoto reconheceu-os. Resolveu entrar para pedir uma água e, enquanto esperava ser atendido, viu quando o que parecia ser o líder escreveu alguma coisa em um guardanapo e jogou para um dos comparsas.

— Ei! Toma!

— *Oxe*, Cavanhaque! Você não sabe escrever direito, não? Ainda bem que fui escoteiro, aprendi um monte de códigos, inclusive este aqui!

— É lógico que sei escrever! Mas, do jeito que você perde tudo, é melhor não arriscar! Cadê o seu lenço, Curió? Já encontrou? Hoje em dia não se vende mais igual àquele por aí... — disse Cavanhaque.

Depois de ler e reler o guardanapo e ignorar a pergunta do chefe, o capanga disse, animado:

— Já saquei onde fica o galpão! — Enfiou o papel no bolso e saiu sem se despedir de ninguém.

Curioso, Menininho decidiu ir atrás dele. Deixou a água e o dinheiro sobre o balcão e grudou no bandido.

Pelo visto, seria mais uma noite em claro... Ainda bem que estava linda e quente, como a maioria das noites baianas. Não demorou muito, o bandido enfiou a mão no bolso para pegar um lenço e enxugar o suor do rosto. Menininho viu o guardanapo anotado cair no chão e rolar pelos paralelepípedos antigos da calçada. Voou para cima dele e, sem perder tempo, trêmulo, o abriu. Havia ali um estranho texto.

CONVERSA VIRTUAL

Quando Paraguaçu e Caramuru chegaram em casa, Branca, carinhosa como sempre, os esperava com leite quente e um bolo recém-saído do forno. Os meninos relaxaram: tinha dado tudo certo. Nem ela nem Nonô haviam se comunicado com os pais de Douglas.

Carrapato perguntou para a mãe por onde andava o casal de hóspedes.

— Minha amiga Mara rolou para lá e para cá na rede da varanda, esperando pelo marido. Depois, cansou e foi para o quarto. E o Botelho ainda não voltou da tal reunião! Mas estou aqui torcendo para que dê tudo certo. Parece que ele recebeu uma proposta muito boa de trabalho!

Os gêmeos arregalaram os olhos um para o outro, mas não fizeram comentários em voz alta. Logo que acabaram o lanche, deram boa-noite para a mãe e foram cada um para seu quarto, em silêncio. Tinha sido muita emoção para um só dia.

Ao chegar em casa, Douglas também encontrou os pais esperando por ele. Assistiam a um filme na televisão. Calmaria total, concluiu. Eles fizeram algumas perguntas rápidas sobre o trabalho que o filho tinha ido fazer na casa dos gêmeos. A mãe ofereceu um chocolate, mas, como ele não aceitou, deu um beijo de bons sonhos no filho e deixou-o ir para o quarto.

Os acontecimentos eletrizantes daquela noite haviam levado o sono de Douglas para muito longe. Ainda mais quando, ao tirar a bermuda — a mesma que usara no sábado —, notou que em um dos bolsos estava o lenço de pano que encontrara na Casa das Sete Mortes. Ele tinha se esquecido daquilo! Resolveu deixar o lenço guardado na primeira gaveta da escrivaninha e foi em direção ao banheiro para tomar uma chuveirada.

Limpo e mais confortável — e depois de espirrar várias vezes, mais por cansaço do que por qualquer outra coisa —, ligou o computador e entrou no bate-papo para falar com Paraguaçu. Tinha certeza de que ela estaria pendurada no *tablet*. Acertou! Lá estava a amiga, conectada. Começaram a conversar pela *webcam* sobre o que tinha acontecido. Trocaram impressões sobre o Museu de Azulejaria e sobre a Casa das Sete Mortes, sobre o absurdo que seria a cidade perder um patrimônio histórico como aquele, e pensaram um pouco no que poderiam fazer. Seria melhor avisar a polícia? Mas quem acreditaria em três crianças? Eles não tinham nenhuma prova, iam parecer malucos. Ainda era muito cedo para dizer alguma coisa aos pais.

Quando Caramuru entrou no quarto e viu o rosto de Douglas todo iluminado na tela do *tablet* da irmã, irritou-se — foi sentindo um ciúme apertando o peito, subindo pelo pescoço, fechando sua garganta.

— Escuta aqui, ô, Douglas, já chega de bancar o Sherlock, né, não?!

Para não começar mais uma daquelas brigas entre os irmãos, Douglas começou a contar a história do lenço que encontrara. Carrapato esqueceu a raiva e sentou ao lado da irmã, ansioso para falar:

— É mesmo! Eu ia contar pra vocês e fui esquecendo, com tanta coisa que aconteceu. Naquele dia, na Casa das Sete Mortes, eu vi um cara muito estranho perto da gente: ele ficava analisando os cantinhos da casa e tirando umas fotos com uma câmera profissional. E suava em bicas! Tenho certeza de que o lenço é dele!

Douglas e Paraguaçu se encararam através da tela do *tablet*. Refletidos nela, estavam os mesmos olhares de quem acaba de ligar os pontos e decifrar uma pista quentíssima.

SERÁ QUE VOCÊ SABE?

Quem é o homem do lenço? Será que você leu com atenção e já sabe a resposta?

Descobriu antes de Douglas e Paraguaçu? Então marque um ponto na sua Ficha de Detetive!

Curió, um dos bandidos.

A conversa entre os bandidos no Museu de Azulejaria passou como um filme na cabeça de Carrapato, e ele precisava dividir suas impressões com os amigos.

— Quando eu vi os bandidos fugindo do museu, reconheci o Botelho. Mas tinha outro... vixe Maria! E não é que era ele mesmo! O homem do lenço! — exclamou.

— E o papo que o chefão teve antes de eles acabarem a reunião? Vocês lembram? — perguntou Paraguaçu.

— Éééééé! Lógico! O... Pintassilgo... o Bem-te-vi... Ai, gente! O cara tinha um apelido de pássaro! — tentou lembrar Douglas.

— Douglas, leva o lenço amanhã pra escola — pediu a amiga. — De tarde a gente precisa encontrar o Vanderbilson e contar tudo pra ele!

E foram dormir, exaustos, preocupados, confiantes e com muita, muita adrenalina correndo nas veias.

12

DUAS REUNIÕES

Naquela manhã Menininho de Zizete não teve aulas; então como sempre fazia em seu tempo livre, subiu a ladeira das Laranjeiras, embarafustando-se pelas ruelas do Pelourinho. Cantando o seu habitual pregão, foi esvaziando o tabuleiro dos deliciosos bolinhos de aipim rapidamente. Os turistas estavam com fome! Ao chegar perto da Casa das Sete Mortes, desacelerou o passo. Lembrou que, depois de toda a aventura da noite anterior, ele e os novos amigos tinham se esquecido de ir até o casarão para ver se o fantasma estaria mesmo por lá. Foi pensando em tudo isso, andando devagar e em silêncio, algo nada comum para um vendedor de bolinhos de aipim. De repente ouviu um burburinho estranho, de um grupo que conversava em frente à Casa:

— É branco e fedorento — dizia um.

— Tem os olhos esbugalhados — jurava outro.

— Entrou por uma porta e saiu pela outra — contava uma senhora.

— Quando o segurança ameaçou chamar a polícia para resolver o caso, o fantasma se chacoalhou todo, soltando um pó branco do corpo. Parecia uma nuvem de farinha. Daí saí correndo de medo — disse um vendedor ambulante.

— Se tem farinha, só pode ser o fantasma da escrava, mesmo. Ela é que cozinhava na casa! — comentou a senhora.

Menininho ficou pensativo. Tudo aquilo que ouvia não batia com o pouco que tinha visto. Aliás, o que ele tinha visto? Só um vulto se movendo pela casa. Não tinha pó branco nenhum, nem olhos esbugalhados... Muito menos segurança o agarrando pelo braço.

Vanderbilson era para lá de sabido. Entendeu na hora: aquela história do fantasma estava começando a cair na boca do povo. Um já queria saber mais que o outro e, como sua mãe dizia, "quem conta um conto, aumenta um ponto". Isso gerava histórias malucas e, principalmente, medo. Em pouco tempo o medo viraria pânico. Aí adeus visitas turísticas à Casa das Sete Mortes.

Menininho não conseguia imaginar o que o fantasma tinha a ver com os bandidos da noite anterior, mas decidiu mesmo assim contar tudo aquilo aos amigos.

Branca até estranhou a rapidez com que os filhos apareceram para tomar café naquela manhã.

— Que é que deu em vocês?

— Temos prova, minha mãe! — respondeu Paraguaçu, sorvendo rapidamente a espumosa vitamina de frutas.

Carrapato tomou a dele num gole só.

— Vamos! Vamos, Paragua!

— Botelho e a esposa vão embora hoje. Não querem se despedir? — lembrou Nonô, que chegava à cozinha.

— *Bote-lhos* para correr! — disse Carrapato, provocando o riso da irmã.

— Olhe a educação, Caramuru! — reclamou a mãe, beijando o marido e os filhos, que tropeçaram em si mesmos, apressados que estavam para sair dali.

Douglas estava esperando os amigos no portão da escola.

— Trouxe o lenço? — foi a primeira coisa que Carrapato quis saber ao ver o amigo, atropelando o mais simples bom-dia.

Douglas tirou o lenço da mochila e o mostrou aos irmãos. Mas não havia nada de especial nele, além da inscrição "N. C." bordada em linha preta com letra cursiva e sinuosa. Os gêmeos ainda estavam procurando alguma pista, sacudindo o pequeno lenço de tudo que era lado, quando o celular de Douglas tocou. Era Menininho de Zizete.

Rapidamente, respirando com dificuldade enquanto falava, já que estava subindo uma ladeira daquelas, Vanderbilson contou o que tinha acontecido na noite anterior, depois que eles tinham saído do museu. Contou também que estava guardando o tal papel com a escrita misteriosa. E que, acima de tudo, estava muito preocupado com as proporções que a história do fantasma da Casa das Sete Mortes tomava.

Ao ouvir aquilo, Douglas achou que não tinha um segundo a perder: propôs que a turma toda se encontrasse em algum lugar logo depois do almoço, para que Vanderbilson contasse a história toda, nos mínimos detalhes, e mostrasse o tal papel.

— Bem que a gente podia marcar o encontro numa praia, né? Olha o sol que tá! — pediu Carrapato. — Depois do papo, aproveito e dou uns mergulhos.

— Fechado! — concordou Douglas. — Você e Paraguaçu decidem qual praia e me avisam. Daí eu falo pro Menininho. Vou pra aula: é matemática, com a Leonor.

— Xiiiii... Corre lá, Douglas!

Ficava difícil decidir a praia. Havia tantas! A Ribeira, com sua canoagem; a do Farol da Barra, cheia de recifes; Boa Viagem; Corsário; Itapuã, Ondina; Armação e tantas outras, cada uma mais linda, cada uma cheia de histórias para contar, canções para lembrar... Um frio passou bem no meio das suas costas e Paraguaçu disparou na frente do irmão, escadaria acima. Assombração chamava assombração, epa!

E mal sabiam os meninos que o destino também arma das suas...

As aulas rolavam entre interessantes, soníferas e engraçadas na escola de Douglas, Paraguaçu e Caramuru... Vanderbilson vendia os seus bolinhos, conferindo, vez em quando, se o papel continuava escondido no bolso. E, na Cidade Baixa, em um quarto de hotel em frente à praia de Ondina, Cavanhaque e Emerson Nei conversavam.

— Já pensou em um jeito de obrigar o Botelho a fazer o serviço? — perguntou Cavanhaque, o cabeça do grupo, andando de um lado para o outro.

— Por que *eu* é que tenho que pensar? Você também tem cérebro, não tem? — cortou Emerson Nei, vasculhando os armários em busca de comida.

— Olha o tom com que fala comigo, Emerson Nei!

O telefone do quarto tocou. Cavanhaque atendeu.

— Pode deixar subir.

— Quem é?

— O paspalho do Curió.

O homem já chegou se abanando.

— Jesus amado! Misericórdia! Não tem ar-condicionado neste hotel, não?

Emerson Nei pegou o controle remoto do aparelho e baixou a temperatura para 15 graus.

— Satisfeito?

O outro parou de se abanar e desabou na cama.

— Ô, brisa delícia.

— Curió, vê se presta atenção! — mandou Cavanhaque, sentando numa cadeira ao lado da cama. — Estávamos aqui pensando em como obrigar o Botelho a topar o serviço.

— Eu não tenho a mínima ideia de como fazer isso! — Emerson Nei desabafou, mais interessado em tentar abrir a latinha de castanhas-de-caju que tinha achado ao lado do frigobar.

— Pois eu tenho! — soltou Curió.

Cavanhaque aproximou uma cadeira do companheiro e sentou, grudando sua cara na dele.

— Desembucha seu plano!

Curió tirou um papel do bolso, mostrando a impressão de uma foto que, por acaso, tirara dos três adolescentes naquele dia em que investigava um bom foco para um incêndio na Casa das Sete Mortes.

Emerson Nei bateu palmas; parecia uma foca animada.

— Você, quando quer, funciona, hein?! Genial! Genial!

Cavanhaque se interessou, grudou mais em Curió:

— Mas o que é isso, como assim?

— Pois estes dois aqui, olhe! — Curió mostrou a foto para o chefe — Cara de um focinho do outro! São conhecidos do Botelho, vi os dois falando com ele lá na Casa das Sete Mortes. Se a gente o ameaçar pegando os garotos...

— Grande Curió! — animou-se Cavanhaque. — Ótima ideia! Vamos usar os adolescentes. Precisamos de um plano para sequestrá-los.

— Mas... Continuo morrendo de calor aqui! Vamos pegar uma praia? Comemos uns camarões, damos uns mergulhos e, enquanto tomamos água de coco, pensamos em como usar os meninos para obrigar o Botelho a ajudar a gente — sugeriu Curió, secando o suor da testa.

Os outros dois olharam pela janela, viram o céu azul e toparam.

CONFUSÃO À BEIRA-MAR

Passava um pouco das três e meia quando os gêmeos e Douglas encontraram Vanderbilson na praia de Ondina. A sugestão tinha sido de Carrapato, que adorava aquele lugar.

— Vixe, que marzão mais lindo! — vibrou ele ao chegar, jogando na areia a pesada mochila em que levava uma muda de roupa e correndo para a beira da água.

— Ô! Nem fala! Mas primeiro o trabalho, viu, Carrapato? — gritou a irmã, chamando o garoto.

— Isso aí, Paragua! — apoiou Douglas, correndo para o mar ao lado da menina, para tentar resgatar Carrapato antes que ele mergulhasse naquela água cristalina.

Resolveram ocupar a mesa de um quiosque. Menininho de Zizete mal sentou na cadeira e já saiu contando em detalhes sobre como dera de cara com os bandidos ao sair do museu, então seguira um deles e tivera a sorte de pegar o enigmático papel do chão... Seu fôlego não acabava! Emendou uma frase na outra e contou sobre o falatório que ouvira na manhã seguinte à aventura na frente da Casa das Sete Mortes, sobre o tal fantasma assustador e misterioso.

— Os turistas que tinham ido visitar a Sete Mortes ficaram só olhando de fora, sem coragem de entrar! Desistiram de conhecer aquele lugar lindo!

— Isso aí tá é me cheirando a invenção de gente que não tem o que fazer! Sabe como é? Tipo telefone sem fio? — comentou Carrapato.

— Pois sabem o que eu acho? — disse Paraguaçu. — Que, enquanto a gente tá aqui debatendo se o tal fantasma existe ou não existe, os caras que vão incendiar a Casa das Sete Mortes já devem estar soltando faíscas!

A gêmea estava certa. Todos concordaram: eles tinham que desarticular aqueles bandidos!

Douglas deu um espirro daqueles e lembrou:

— O Vanderbilson ainda não viu o lenço!

Então tirou o pano do bolso e mostrou as iniciais bordadas.

— N. C. Pode ser tanta coisa! — leu Menininho.

— Nelson Costa, Nilton Cruz... — propôs Paraguaçu.

— Nei Caruso... — sugeriu Carrapato.

— Nenê de Carminha! — disse Menininho de Zizete, fazendo os outros caírem na risada. — Carminha é amiga de minha mãe, e o filho dela é Nenê de Carminha!

Tão entretidos estavam com o lenço que nem notaram três homens se aproximando do quiosque e se acomodando em uma mesa.

— Você está parecendo mais um bife à milanesa, Cavanhaque! — disse Emerson Nei, gargalhando alto. — Por que não deu um mergulho no mar antes de sentar?

— Ele ficou com preguiça de passar protetor solar e acha que a areia protege do sol! — emendou Curió, rindo também.

Cansado das provocações, Cavanhaque deu um murro na mesa. Percebeu que algumas pessoas ao lado se incomodaram e aquietou. Levantou o braço para chamar o garçom, sonhando com uma lula à dorê, e nem se incomodou com a areia fina que se desprendia de seu antebraço com o movimento e caía como chuva no chão.

— Credo! Que gente grosseira! — comentou Paraguaçu, virando para a mesa de onde viera o berro, um pouco distante da que estavam.

Curió e Emerson Nei estavam de costas para a mesa deles e bem naquele momento o garçom chegou, postando-se na frente de Cavanhaque.

— Deixa eles pra lá, Paragua! — pediu o irmão. — E vamos dar fim nesta reunião logo, que quero ir pro mar. Fala aí, Menininho: tem mais alguma novidade que interessa pra gente?

— *Oxe* que eu ia me esquecendo! — Vanderbilson deu um tapa na testa.

Então mostrou o papel com a tal escrita misteriosa:

> MBEFJSB EP UBCPBP
>
> WJOUF F DJODP

Os três amigos se debruçaram para ver melhor.

— Nossa! Mas não faz o menor sentido! — comentou Douglas.

— Pois é — concordou Menininho. — E o abestalhado do homem deve estar procurando o papel até agora.

— Posso ficar com ele para analisar melhor? — pediu Douglas.

— Pode — respondeu Vanderbilson, dando o papel para o amigo.

De repente, veio um barulho de vidro quebrando.

— Natacho Curióóó! — berrou Cavanhaque. — O que você tem na cabeça?! Olha só a presepada que aprontou!

É que Curió, com vontade de ir ao banheiro, tinha arrastado sua cadeira bem na hora em que o garçom passava com uma bandeja cheia de taças de açaí com granola. Os dois trombaram, e as taças voaram das mãos do garçom, espatifando-se no chão.

Não houve quem não olhasse para a mesa deles.

— Ajude o pobre a catar os cacos! — bradou Cavanhaque, em tom de ordem, que foi acatada sem discussão.

Os clientes do quiosque voltaram a conversar normalmente. Menos Menininho de Zizete.

— Ei, pessoal! Aqueles ali são os três que estavam se reunindo no museu! E o desastrado que derrubou as taças é o homem que deixou cair o papel misterioso do bolso!

— Que também é o homem que tirava fotos na Casa das Sete Mortes! — disse Carrapato.

— E vocês ouviram o outro gritando o nome do sujeito? — perguntou Paraguaçu.

— Natacho Curió — disse, baixinho, Douglas.

— Gente... — balbuciou Paraguaçu, com os olhos brilhando.

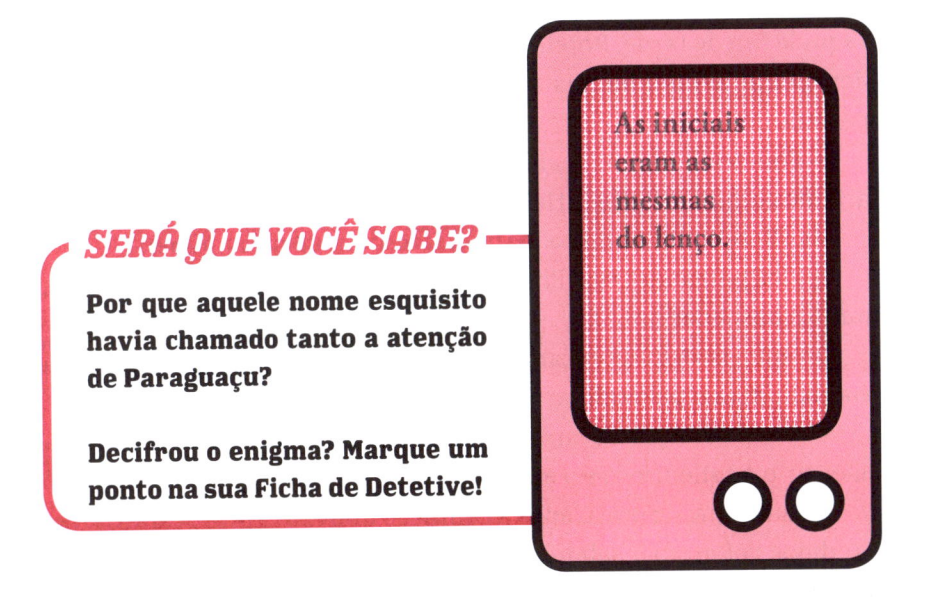

As iniciais eram as mesmas do lenço.

SERÁ QUE VOCÊ SABE?

Por que aquele nome esquisito havia chamado tanto a atenção de Paraguaçu?

Decifrou o enigma? Marque um ponto na sua Ficha de Detetive!

14

TRAMAS E MISTÉRIOS

Naquele fim de tarde, Botelho e Mara apareceram na sala da casa dos Mendonça, arrastando as pesadas malas de rodinhas. Branca lamentou.

— Pois podiam ficar mais uns dias! Pegar uma prainha... Nós duas faríamos umas compras... Hein? Que tal, amiga?

Mas Botelho, tomando a dianteira, respondeu pela mulher:

— Fica para outra vez, Branca. Precisamos mesmo ir. Agradecemos muito a hospedagem!

Dizendo isso, foi se encaminhando para a porta. Preparava-se para chamar um táxi pelo celular quando recebeu uma chamada.

Ao ver o nome de Cavanhaque escrito na tela do aparelho, Botelho colocou-o no silencioso e o enfiou no bolso.

No quiosque da praia, após a confusão que Curió provocara, os três bandidos voltaram a saborear a lula e, finalmente, começaram a alinhavar o assunto que os levara até ali. Cavanhaque ficou irritado quando Botelho recusou a chamada. Ligou de novo. Nada.

— Botelho não está atendendo!

Voltou a ligar.

Na casa dos Mendonça, o coração de Botelho acelerou ao sentir o aparelho vibrando. Era bom não brincar com aquela gente. Resolveu atender, mas usou sua voz mais contrariada.

— Diga logo, que estou de partida.

Aquilo, falado daquele jeito, era o que o outro menos queria ouvir. Cavanhaque ficou irritadíssimo. E, no mesmo tom contrariado, intimou Botelho a comparecer, naquela noite, a uma última reunião na lanchonete onde costumavam se encontrar. Lá, ele seria colocado contra a parede: ou continuava no plano ou...

Mas o pacífico Botelho se agigantou. Tornou-se o Super-Botelho e enfrentou o chefe. Se afastando um pouco da esposa e do casal Mendonça, gritou ao celular que em hipótese alguma iria; que estava de passagem comprada e voltava, naquele exato momento, para sua cidade; que eles o esquecessem e pensassem muito antes de fazer o que planejavam. E desligou.

Cavanhaque espumou de ódio.

— O que foi, homem? — perguntou Curió.

— Desligou na minha cara! Quem aquele paspalho pensa que é para falar assim comigo?

Enquanto isso, do outro lado do quiosque, Paraguaçu comentava com os amigos: o lenço com as iniciais N. C. era com certeza de Natacho Curió! Sem mais demora, tirou o *tablet* da bolsa e digitou aquele nome no site de busca. E, para a surpresa de todos, apareceu uma relação enorme de falcatruas relacionadas a ele.

Não sabiam o nome dos outros, mas decidiram fazer uma busca pelo nome completo de Botelho também. Primeiro, encontraram uma reportagem sobre uma medalha da prefeitura de Salvador, que ele tinha recebido por serviços prestados. Botelho tinha trabalhado como segurança na Casa das Sete Mortes. Conhecia como ninguém cada canto daquele lugar que, segundo seu próprio depoimento na matéria de jornal, ele amava. Ainda solteiro, morando na Baixa dos Sapateiros, bem pertinho da Sete Mortes, dedicava-se de corpo e alma ao lugar. Era o funcionário mais respeitado.

Depois, encontraram uma matéria sobre um assalto na Casa das Sete Mortes. Ninguém tinha visto nada, nem descoberto quem poderia ter feito aquilo. A suspeita era de que o vigia noturno fora pago para ignorar a entrada do assaltante. Não havia sinal de arrombamento, nem de qualquer janela quebrada. As peças roubadas foram louças, pratarias, tinteiros de cristal, penas de escrever, mata-borrões com base de madrepérola e outras antiguidades. A polícia, por mais que tentasse, nada descobrira de concreto. Os indícios levavam a Botelho. Ele tinha as chaves da Casa e sabia dos horários dos outros vigias. Bem poderia ter cometido o furto aos poucos, sem que ninguém desconfiasse. Era Botelho quem conferia os pertences da Casa das Sete Mortes, todos os dias, antes de o museu abrir à visitação. Ele mesmo deu pela falta das antiguidades e chamou a polícia. Tal modo de agir soou estranho para os investigadores: será que o segurança não estaria desviando a atenção de si mesmo? Então prenderam Botelho.

— Ele é mesmo um bandido!

Meio assustados, meio acelerados pela descoberta, os amigos decidiram: podiam contar tudo para a polícia e encerrar aquela confusão. Com os olhos esbugalhados, a voz com certo tom de medo, Carrapato alertou:

— Isso está parecendo assunto de adulto. Os caras são criminosos! A gente não vai conseguir nada sem ajuda. Fora o perigo!

Mas Douglas e Vanderbilson foram contra. Já havia aquele boato todo de fantasma na Casa das Sete Mortes. Que chances tinham eles de fazer a polícia acreditar naquela história mirabolante?

Paraguaçu concordou com os amigos. Precisavam de mais provas. Talvez ajudasse seguir os bandidos quando saíssem do quiosque. Pelo menos teriam um endereço para dar à polícia e podiam acompanhar o trajeto pelo GPS do *tablet*.

Viram Cavanhaque, Curió e Emerson Nei pagarem a conta e se prepararem para sair do quiosque quando um mendigo chegou perto da mesa e os abordou.

— Paga um camarãozinho para mim aí, meu chapa! Tô de barriga vazia desde ontem! — ele disse para Emerson Nei, que imediatamente reconheceu o homem.

O mendigo puxou uma cadeira e aboletou-se na mesa, sem cerimônia. Cavanhaque e Curió olharam feio para ele.

— O que está fazendo aqui? — perguntou Cavanhaque.

— Vocês já viram o fantasma do Pelô? — perguntou, sem mais nem menos, o intruso.

Curió soltou uma gargalhada.

— Não tem graça nenhuma! — reclamou Cavanhaque, fuzilando o mendigo com o olhar.

— Pois ou me dão o que prometeram, ou eu boto a boca no trombone.

Cavanhaque levantou da mesa e agarrou a gola da camiseta do mendigo, puxando-o para junto de si.

— Já disse que lhe dou só quando terminar o serviço — sibilou.

— Mas eu tô com fome! — reclamou o outro.

O chefe da gangue, parecendo se acalmar, chamou o garçom.

— Traga uma porção de acarajé, faz favor.

Enquanto saboreava o prato, o mendigo ia falando alto, para todos que quisessem ouvir:

— A escrava, que continua vivendo na casa e vê tudo, disse que, daqui a uns dias, a Sete Mortes vai virar brasa. Que nem Roma, quando o imperador Nero a incendiou.

Dizendo isso, caiu na gargalhada.

Os três comparsas tentavam fazer com que o homem parasse de tagarelar. Mas ele continuou falando alto, ignorando os olhares.

— Ela matou os proprietários e se apossou da Casa! E agora a Sete Mortes vai virar fogueira de São João! — E voltou a gargalhar gostosamente.

As pernas de Curió começaram a tremer sozinhas. E se alguém escutasse aquilo?

— Valha-me meu padrinho Cícero Romão Batista!

— Cala essa matraca, Curió! — berrou Cavanhaque. — De onde tirou essa história, cara? — perguntou, dirigindo-se ao mendigo, que deu uma bufada de desprezo, olhando no fundo dos olhos do outro.

— As paredes têm ouvidos... E obrigado pelos acarajés. Me vou agora. Mas não deixo me fazerem de besta, isso não. Estou de olho em vocês.

Dito isso, levantou e foi embora, a passos largos.

Ainda em choque com a presença do mendigo, Cavanhaque convocou os comparsas a sair dali imediatamente.

— Em algum momento, a gente vacilou e o cretino ouviu pedaços importantes da conversa. Agora, é capaz de soltar a língua por aí. A gente precisa tomar mais cuidado.

Douglas, os gêmeos e Menininho, que acompanharam tudo na maior atenção, se entreolharam. Deixaram o dinheiro para pagar a conta em cima da mesa e saíram atrás do mendigo.

Viram, ao longe, quando ele tomou um ônibus, mas não conseguiram embarcar junto. Chamaram o primeiro táxi que encontraram, se espremeram no banco de trás e gritaram: "Siga aquele ônibus!". O motorista achou divertido e foi em frente. Viram o homem saltando perto do Elevador Lacerda, na avenida Contorno, pagaram o táxi e desceram também. O homem ainda estava distante deles, mas enquanto andava parecia falar sozinho. Dava para ouvir que gritava aos sete ventos algo sobre o fantasma e o incêndio.

O homem atravessou a rua da Misericórdia, pegou a ladeira da praça, desceu a ladeira de São Francisco e embarafustou pelo centro histórico, ligeiro como quem conhece o lugar de olhos fechados. Ludibriando os perseguidores, desapareceu entre as tortuosas ruelas do Pelourinho.

— Esse cara anda melhor que eu por essas ruelas todas! — comentou Vanderbilson.

— Tá parecendo comigo no mar: sabe direitinho a hora boa de pegar a onda, para ir além da arrebentação... — disse Carrapato, fazendo pose de profissional.

— E agora, gente? — perguntou Paraguaçu.

— Olhe, já está ficando tarde. E ainda tenho que passar por uma barraquinha de rua no caminho: deixei o tabuleiro encostado lá e pedi que dessem uma ajuda nas vendas — explicou Vanderbilson.

Os gêmeos e Douglas também resolveram partir.

— Já que estou aqui, vou até a imobiliária e pego carona com meu pai mais tarde — comentou Douglas. — Vocês querem vir comigo? — perguntou aos amigos.

— Valeu, Douglas, mas tenho balé às seis, vou direto para lá.

— E eu vou acompanhar a minha irmã — disse Carrapato.

— Eu vou andando, que é mais rápido — disse Vanderbilson.

Os amigos se despediram e combinaram: qualquer novidade que houvesse por ali, Menininho de Zizete avisaria. Sabiam que os bandidos voltariam a se reunir naquela noite, na lanchonete em que Vander-

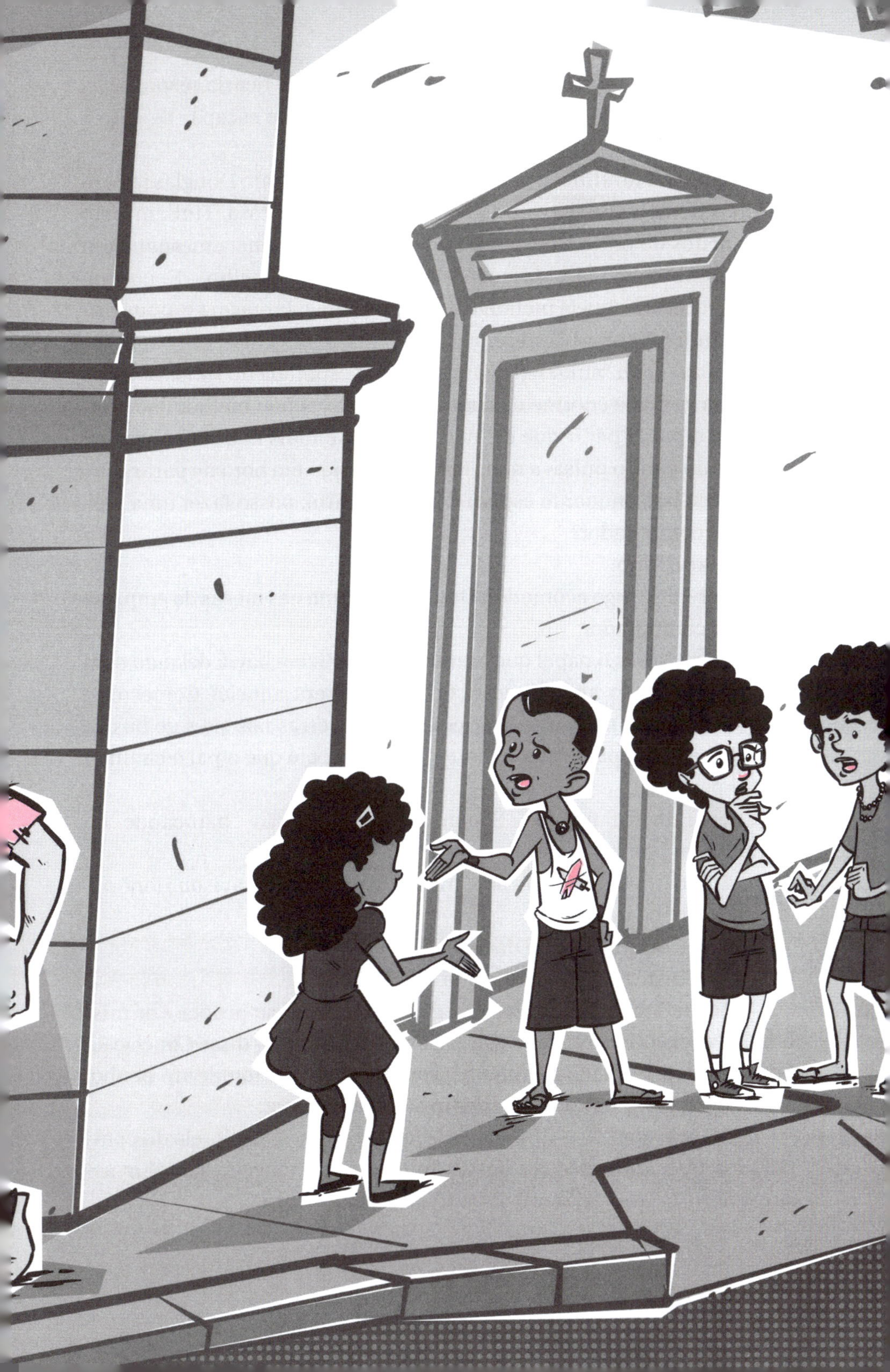

bilson tinha topado com eles. O menino disse que ficaria responsável por aquela parte da investigação: daria um jeito de escapar de casa à noite e ir até o local do encontro dos bandidos.

Enquanto caminhava para a imobiliária Ache Aqui, Douglas ia pensando: a tarde havia sido muito confusa, mas proveitosa. Tinham visto os suspeitos de perto e descoberto que o lenço pertencia mesmo a um deles. Também tinham descoberto mais sobre o Botelho... E, no fim, ainda aparecera aquele mendigo, falando sobre o fantasma e assustando os bandidos com sua presença...

Honório ficou muito feliz com a visita inesperada do filho. Douglas teve uma vontade enorme de contar tudo, mas achou melhor não. Certamente o pai ia pedir que ele não se metesse mais naquilo. A veia de detetive do garoto pulsava mais forte. Ainda não era hora de parar.

— Meu pai, enquanto espero dar seu horário, posso fazer uma pesquisa no computador?

— Claro, filho!

A secretária logo acomodou Douglas em uma das mesas da empresa e ligou o computador.

O garoto tirou o papel que Menininho de Zizete havia deixado com ele, observando-o atentamente. Que código era aquele? Começou a pesquisar, colocando a mesma sequência de letras nos sites de busca, indo de página a página, com certo desespero, até que o pai o chamou para ir para casa.

Chegaram esfaimados. Encontraram Conceição "batucando no computador", como brincava o marido.

— Tomo um banho e já volto, minha prendinha! — avisou Honório, dando um beijo na mulher.

Douglas sentou ao lado da mãe.

— Que história está escrevendo agora, mãe?

— Aceitei sua sugestão. Você vai gostar quando ficar pronta: é de mistério. Mas encalhei. Não consigo terminar o roteiro — disse Conceição, beijando o rosto suado do filho. — Você também vai tomar um banho, né, Douglas? Enquanto isso, preparo algo para comer.

Conceição deixou o filho no escritório. Ele observou a tela do computador, que a mãe deixara ligado. Interessado, começou a ler. Era assim que ela criava: primeiro o roteiro, depois a história.

Uma casa tombada ameaçada por um fantasma...

Douglas se espantou. A mãe tinha tirado sua história daquela notícia da internet! Era muito legal ver como funcionava a cabeça de um escritor, tudo podia virar um livro.

Virou-se então para a enorme estante que cobria uma das paredes do escritório. Entre os inúmeros livros que ficavam ali, encontrou a coleção completa das obras de Jorge Amado. Seus olhos pararam em uma das lombadas: *A morte e a morte de Quincas Berro d'Água*.

Pensou em como era curioso ter reparado justamente naquele livro. Pelo que se lembrava, nele também havia um mendigo, que perambulava pelas ruas do Pelourinho comendo e bebendo bem. Como o homem que eles tinham perseguido à tarde.

"Será que é a vida que imita a literatura ou a literatura que imita a vida?", pensou. Pegou o celular e ligou para Paraguaçu, para ver se havia alguma novidade. O aparelho dela estava desligado ou fora de área. Tentou o de Carrapato. Mesma coisa. Resolveu ir tomar banho antes que a mãe encrencasse com ele e começasse uma ladainha.

VOCÊ SABIA?

Publicada em livro em 1961, *A morte e a morte de Quincas Berro d'Água* é uma novela de Jorge Amado que conta a história de Joaquim Soares da Cunha. Cansado de sua vida comum, abandona tudo para transformar-se em Quincas, um vagabundo bêbado. Até que um dia é encontrado morto no quarto. Sua família então decide preparar o enterro com todos os rigores, na tentativa de recuperar o Joaquim abandonado. Mas alguns amigos de Quincas aparecem no enterro e levam cachaça ao morto. Ao ingerir a bebida, ele se levanta do caixão e vive uma noite de farra em alto-mar, onde, diante de um temporal, tem seu enterro perfeito, nas águas do oceano.

Enquanto na casa dos Maracagibe Honório, Conceição e Douglas jantavam tranquilos, na casa dos Mendonça, Branca e Nonô estavam bem preocupados. Passava das oito da noite e os gêmeos ainda não tinham chegado.

Já haviam ligado para a escola de balé. Quem sabe Caramuru estava lá com a irmã? Mas foram informados de que a filha não tinha ido naquele dia. Decidiram ligar para a casa de Douglas. Os Maracagibe também ficaram preocupados: Douglas contou que os gêmeos tinham ido para o ponto de ônibus na mesma hora em que ele seguira para a imobiliária do pai — eles tinham negado a carona, pois Paraguaçu ia direto para o balé.

Enquanto ouvia seus pais tentando tranquilizar Branca e Nonô, o coração de Douglas se apertou de angústia. Os gêmeos haviam contado que Botelho e a esposa iam embora naquele dia. Mas como, se eles sabiam que os bandidos haviam combinado uma última reunião?

Douglas teve um mau pressentimento.

> Eles foram raptados pelos bandidos.

SERÁ QUE VOCÊ SABE?

Relembre tudo o que você já viveu com esta turminha: o que pode ter acontecido com os gêmeos?

Adivinhou? Marque um ponto na sua Ficha de Detetive!

… 15

A DESCOBERTA DE MENININHO

Na tarde daquele dia, logo depois de os garotos terem deixado o quiosque, Cavanhaque e seu bando pegaram um ônibus na mesma direção que os meninos: o centro histórico. Tinham que convencer Botelho a participar do plano. Ele era o sujeito certo para incendiar a Casa das Sete Mortes, já que a conhecia como ninguém.

— A essa altura o Botelho está chacoalhando no ônibus, indo pra cidade dele — assegurou Emerson Nei.

— Pois vai ter dois trabalhos: o de ir e o de voltar — disse Cavanhaque, quando já desciam no ponto.

— E o que a gente faz com o mendigo? O homem fala mais que a boca! E se alguém ouviu...?

Cavanhaque estacou no meio da calçada e dirigiu um olhar de ódio para o outro.

— Ouviu o quê, Curió? Se falar sandice mais uma vez, vira presunto. Fui claro? Cala essa caçapa!

Cansado de ouvir os impropérios do outro, Natacho Curió tomou o rumo contrário ao dos comparsas, decidido a ir para casa.

Cavanhaque e Emerson Nei continuaram seguindo juntos quando Emerson gritou:

— É bom demais pra ser verdade! Olhe só quem vai indo ali adiante!

Cavanhaque até bateu palmas de satisfação.

— Caiu a sopa no mel!

Os gêmeos caminhavam tranquilos para o ponto de ônibus. Ainda tinham tempo antes da aula de balé de Paraguaçu. E Carrapato, apesar

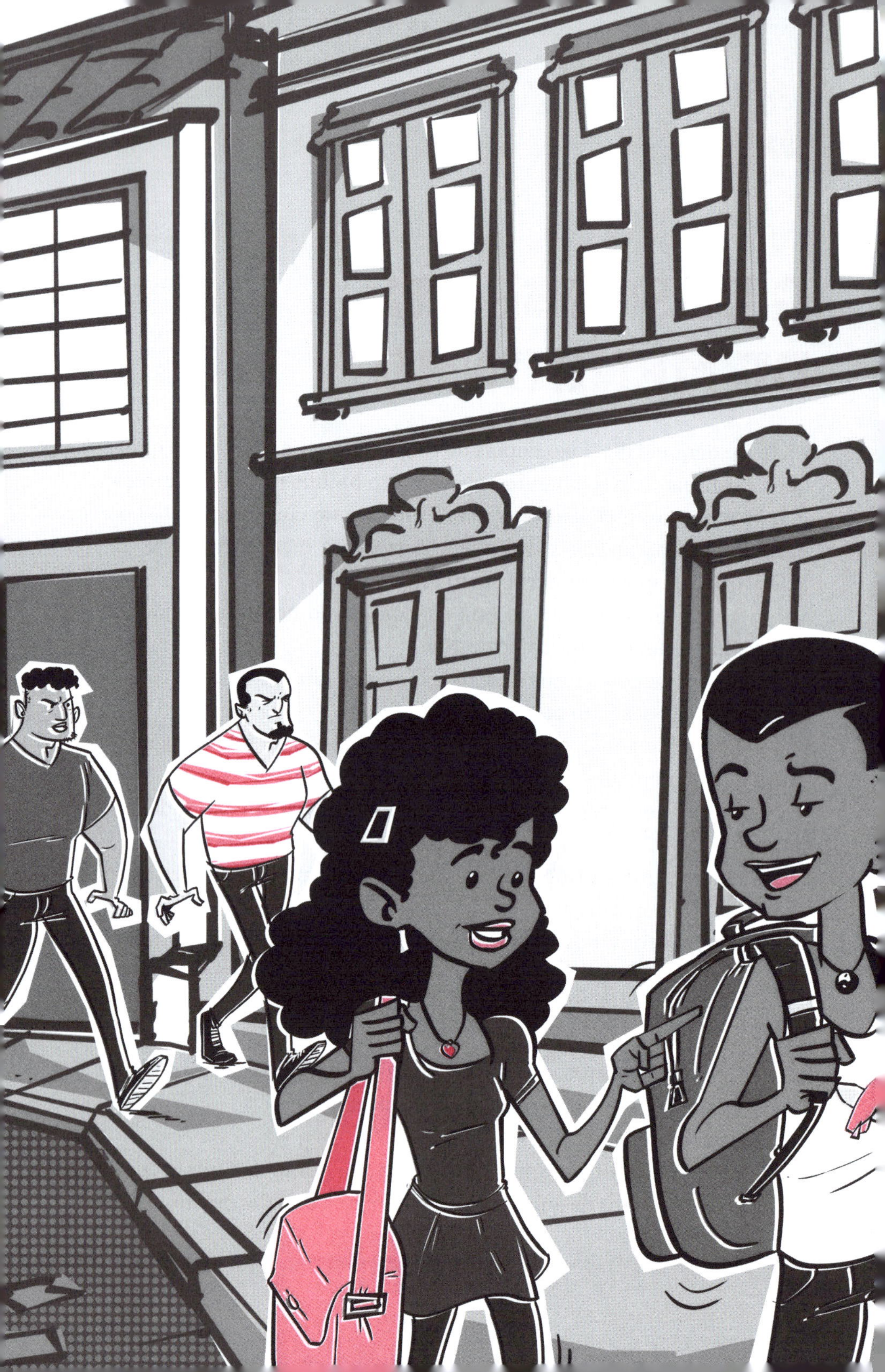

de achar um saco ter que esperar pela irmã, tinha lembrado que havia na turma dela uma garota linda. Quem sabe naquele dia conseguiam conversar um pouco?

Os dois bandidos foram se aproximando dos gêmeos discretamente. Quando estavam logo atrás deles, Cavanhaque agarrou Paraguaçu, tapando a boca dela com a mão.

— Se gritar, morre — disse baixinho no ouvido da menina.

A garota obedeceu. Carrapato também não se moveu. Faria tudo o que os bandidos quisessem, contanto que não os machucassem.

Andando rápido, Cavanhaque e Emerson Nei empurraram os irmãos para uma viela escondida e estreita. Dali em diante, ninguém mais soube deles.

Já passava das dez da noite, e agora Branca e Nonô estavam realmente desesperados.

Logo depois do telefonema, Honório, Conceição e Douglas haviam partido para a casa dos amigos, para apoiá-los naquele momento.

— Já ligamos para os principais hospitais da cidade. Não há notícia de acidente, assalto, nada! — disse Nonô.

Ao ouvir aquilo, Branca não aguentou e começou a chorar. Conceição levou-a para a cozinha, em busca de um chá para tentar acalmar a amiga.

Botelho e Mara tinham acabado de chegar em casa. Ele havia inventado um motivo para explicar por que tinha desistido do negócio. A vida deles no interior era tão boa! A mulher tinha ido para a cozinha e o pacato homem ia pensando no feijãozinho de corda que comeriam logo mais, naquela noite, quando seu celular tocou.

— Volte para fazer o serviço, Botelho. Estamos com os filhos do seu amigo. Venha ainda hoje e não avise ninguém. Ou vai sobrar para os garotos...

E mais nada.

A princípio, pensou que poderia ser um blefe. Ligou de volta e pediu para ouvir um deles. Segundos depois, reconheceu a voz delicada da filha de Nonô. Suando frio e quase derrubando o celular de tanto nervoso, Botelho balbuciou:

— Estou indo.

Não foi fácil arranjar uma desculpa plausível para a esposa, mas conseguiu pensar em algo que a convenceu — ou ela, percebendo o nervosismo do marido, resolveu não perguntar muito. O homem, seguindo rápido como um raio na direção da rodoviária, chegou a tempo de tomar o último ônibus do dia com destino a Salvador.

Honório havia sugerido que ligassem para todos os amigos dos gêmeos. Talvez algum deles soubesse do paradeiro dos irmãos.

O celular de Douglas tocou. Era Vanderbilson, querendo marcar o horário do encontro naquela noite: logo mais os bandidos estariam na lanchonete.

Douglas contou para o amigo tudo o que estava se passando. Menininho ficou acabrunhado com o desaparecimento de Paraguaçu e Carrapato, que se tornavam a cada dia mais importantes para ele. Percebeu que não podia mais esperar. Decidido, encheu uma lata de balas de ovo, que a mãe fazia como ninguém, e foi para o Pelourinho.

A Casa das Sete Mortes estava fechada, e o vigia fazia a ronda do lado de fora. De repente, Menininho notou o vulto do fantasma ali dentro, do mesmo jeito que vira outras vezes. Mas ele havia muito já não tinha mais medo. Colou o rosto no vidro de uma das janelas e, finalmente, conseguiu ver que o fantasma não era de mulher coisa nenhuma. Aliás, não era sequer um fantasma! Os olhares de Vanderbilson e o da suposta alma penada se cruzaram e o vendedor de bolinhos teve certeza: era o mendigo que eles tentaram seguir naquela tarde!

Espantado com o olhar fixo daquele garoto e chocado por ele não estar, como os outros, sentindo medo dos barulhos que fazia e também de sua aparência que, verdade seja dita, estava bem assustadora, o homem resolveu se afastar da janela e desapareceu dentro da casa.

    Menininho de Zizete estava exausto. Era tarde, queria voltar para casa. Mas tinha que ir para a lanchonete para seguir os passos dos bandidos. De uma coisa estava certo: não havia fantasma nenhum naquela história toda! Antes houvesse! Na verdade, ele só encobria um crime: o incêndio da Casa das Sete Mortes. Precisavam descobrir o que significavam aquelas letras em código no papel que Curió deixara cair. Acima de tudo, porém, desejava que os gêmeos fossem encontrados, sãos e salvos.

O RETORNO DE BOTELHO

Enquanto os Mendonça e os Maracagibe procuravam os gêmeos, Botelho chegava, estremunhado, ao local marcado pelos bandidos. Os três comparsas já estavam à espera.

— Seus safados duma figa! — ele chegou dizendo. — Quero ver os meninos já!

— Pois segure a petulância, Botelho... — disse Cavanhaque, calmamente. — Quem exige coisas aqui sou eu.

Mas o pobre do Botelho estava desesperado. Sentia-se culpado por toda aquela situação. Nonô e Branca tinham recebido ele e a esposa tão bem. E agora aquilo: filhos raptados! Tudo por culpa dele! Se não tivesse sido tão tolo... Fora muito ingênuo ao lidar com bandidos perigosos como aqueles. Exausto, largou o corpo gorducho em uma cadeira.

— Seu Botelho... — Ouviu uma voz familiar dizer atrás dele.

Virando o corpo, deu de cara com a abatida Paraguaçu, que estava presa em um cômodo nos fundos do galpão.

O homem só faltou chorar. Levantou rapidamente e foi em direção à menina.

— E o seu irmão?

Nem precisou de resposta. Ao se aproximar, viu Carrapato ao lado da irmã.

— Graças a Deus!

O garoto olhou feio para o Botelho.

— Que grande sacanagem, hein, seu Botelho?! Bizarro o que o senhor fez!

Cavanhaque deu um basta na conversa, chegando perto do grupo.

— Chega de papagaiada! Como vê, Botelho, os meninos estão bem, mas ficam com a gente. Basta você fazer sua parte e eles voltarão, bonitinhos, para a casa deles, e você, para a sua.

Então ordenou que Emerson Nei tomasse conta dos gêmeos enquanto falava com o ex-vigia.

— Se aquiete, Botelho, agora o assunto é com a gente. Amanhã, colocamos fogo na Casa das Sete Mortes — explicou Cavanhaque, confiscando o celular do outro e empurrando-o para o mesmo cubículo onde os gêmeos estavam presos.

Branca estava descontrolada.

— Ai meu Deus do céu, cadê meus bichinhos? Ai que eu não vivo sem eles!

Ao ver o desespero da esposa e não podendo mais conter o seu próprio, Nonô deixou de lado os telefonemas e saiu rumo ao distrito policial, acompanhado de Honório.

Assim que retornou da delegacia, Honório voltou com Conceição e Douglas para casa. Todas as providências tinham sido tomadas. Agora era esperar.

Douglas não conseguia dormir. Com as ideias embaralhadas, pensou que a culpa era toda dele. Por que tinha se metido naquilo, afinal? Por que havia envolvido os gêmeos, de quem tanto gostava, nas suas peripécias? Rolou na cama, para lá e para cá, espirrando sem parar, tamanha a sua angústia. Não dava mais para adiar. Não podia dar mais importância aos seus anseios de aspirante a detetive do que à vida dos seus melhores amigos.

Saiu de seu quarto e foi até o dos pais.

Conceição estranhou aquela aparição do filho; ele estava visivelmente preocupado.

— Sente aqui, Douglas. O que houve?

Certo do que deveria fazer, ele relatou tudo o que acontecera até ali. E terminou dizendo:

— Acho que o fato de o seu Botelho estar envolvido com os bandidos pode ter alguma coisa a ver com o sumiço da Paraguaçu e do Carrapato.

Honório e Conceição estavam perplexos com aquela história toda. Conheciam, no entanto, a imaginação do filho.

— Filho... Essa história está um pouco estranha... — começou a mãe.

— O Botelho, metido com bandido? — estranhou o pai. — Vi o homem só de passagem, em casa de Nonô, e me pareceu pessoa decente. E esse plano de incendiar a Sete Mortes... Não é coisa da sua cabeça?

Decepcionado, Douglas levantou da cama.

— Meus amigos desaparecem, eu digo que o seu Botelho está enrolado com bandidos e vocês acham que é tudo imaginação minha? Dá licença, viu!

E voltou para o seu quarto, batendo a porta com força.

Na manhã seguinte, Douglas fez uma coisa que jamais havia feito: saiu de casa sem se despedir dos pais e cabulou as aulas. Precisava encontrar Menininho de Zizete para que juntos elaborassem um plano. Qual não foi sua surpresa quando Menininho chegou com novidades bombásticas.

— Você tem certeza? O fantasma é então aquele mendigo que a gente seguiu ontem? — perguntou Douglas, espirrando sem parar.

— Tenho. Todo mundo correu de susto, mas eu encarei bem o homem.

Era informação demais. Será que a história do fantasma tinha alguma coisa a ver com os bandidos e o desaparecimento dos gêmeos? Ou será que estavam perdendo tempo? Menininho notou que o amigo estava cabisbaixo.

— Fica triste não, Douglas. A gente vai livrar os gêmeos dessa, você vai ver.

Douglas contou sobre a conversa que tivera com os pais e a descrença deles.

— Minha mãe também é assim. Pai e mãe é tudo igual: pensa sempre que a gente é criança, que tá com frio, que tá com fome ou que tá inventando história para enganar jegue.

Douglas não pôde conter o riso. Aquele era Menininho de Zizete: sempre com uma palavra carinhosa e uma história engraçada.

Mais animado, mil ideias começaram a fervilhar em sua mente. Lembrou-se da história de Jorge Amado, *A morte e a morte de Quincas Berro d'Água*, e de como a vida às vezes imitava a literatura, e vice-versa.

— Vanderbilson! Eu sei onde o mendigo pode estar!

Na praça
Quincas Berro
d'Água.

SERÁ QUE VOCÊ SABE?

Onde Douglas acha que o mendigo pode estar? Dica: o mapa da página 106 pode ajudar!

Acompanhou o raciocínio de Douglas? Marque um ponto na sua Ficha de Detetive!

17

O PERSONAGEM DE JORGE AMADO

Agora era a vez de Honório e Conceição se preocuparem com a ausência do filho: as aulas de Douglas já deveriam ter terminado e ele não tinha voltado para casa nem estava atendendo o celular.

— Douglas ficou muito aborrecido por não termos acreditado nele, Honório.

— Pois sabe que não consegui mais dormir depois daquela conversa? Tudo bem que ele tem imaginação fértil, que costuma acompanhar seus processos de escrita, que tem loucura por livros policiais. Mas nunca foi de mentir.

— E é o melhor amigo dos gêmeos — completou Conceição.

Marido e mulher, cúmplices de pensamento, em uníssono decidiram:

— Vamos contar tudo para Branca e Nonô.

Os Maracagibe chegaram à casa dos Mendonça conforme tinham combinado por telefone. Branca recebeu nervosamente o casal de amigos, pois Conceição só tinha dito que precisavam conversar, mas não havia adiantado nada. Mal sentaram no sofá da sala, os Maracagibe começaram a contar a história do filho, que, a princípio, tinham achado fantasiosa demais.

— Botelho?! Não é possível! — exclamou Branca. — O homem é um pão de ló de tão bonzinho!

— Que é bonzinho é. Mas também é esquisito. Sempre com medo de polícia, de bandido... — lembrou Nonô.

Ao ouvir aquilo, Honório já não achou a história do filho tão fantasiosa.

— Por que um homem como ele teria medo de polícia?

— Pois é! Botelho, de uma hora para outra, fez a esposa arrumar as malas, a toque de caixa, e foi-se embora. Justamente no dia seguinte da tal reunião noturna.

Conceição, até então calada, palpitou:

— Não sei o que vocês acham, mas, por mim, contava tudo isso para a polícia.

Branca imediatamente levantou e foi pegar a bolsa.

— Douglas e meus filhos são como irmãos. Acredito nele. Estou indo pra delegacia.

Mais do que depressa, Nonô e os pais de Douglas a acompanharam.

No caminho até a praça Quincas Berro d'Água, Douglas foi explicando a Menininho as comparações que fizera entre o mendigo que viram e o do livro de Jorge Amado, e por que achava que ele podia morar na praça Quincas Berro d'Água. Era apenas uma ideia sem muito fundamento, mas era a única que tinha. E qualquer ideia podia se tornar uma história, dizia sua mãe. Não custava checar.

Menininho sabia que Jorge Amado era um famoso escritor baiano e ouviu, com muito interesse, a história do livro, contada pelo amigo.

Viraram à direita na rua Alfredo de Brito e chegaram à praça. E lá estava o mendigo, deitado num banco. Douglas teve mais um de seus ataques de espirro, Vanderbilson até pensou que o amigo fosse perder o fôlego. Mas ele parou de espirrar depois de alguns minutos e foram na direção do homem, que, ainda deitado, mas olhando fixamente para os garotos, de imediato reconheceu Menininho.

— Você não tem medo de fantasma, hein, garoto?! — disse, soltando uma risada larga e sonora.

— Eu perdi o medo, moço. Além do mais, você é vivo demais para ser um fantasma!

O mendigo gargalhou e, num salto, sentou no banco, convidando-os para ficar ao seu lado.

Douglas e Menininho sentaram.

— Queremos conversar com você — disse Douglas.

O mendigo não se fez de rogado.

— Pois podem falar.

— Por que você está se passando por fantasma e assustando todo mundo no Pelourinho?

O homem ficou pensativo.

— Não sei se conto ou não conto, pois quem conta um conto aumenta um ponto.

"Igualzinho minha mãe diz", pensou Vanderbilson. E já simpatizou com o homem.

— Eu não costumo aumentar o que ouço, nem o meu amigo aqui — prometeu Douglas. — Só queremos ajudar a proteger a Casa das Sete Mortes!

Ao ouvir falar na Casa, o mendigo deu um largo sorriso.

— Então vou contar, porque vocês parecem mesmo bons garotos. Uma noite, não tendo onde dormir, passei na frente do Museu de Azulejaria e vi que a porta da frente estava entreaberta. O vigia não estava por perto, então nem pensei duas vezes: entrei na surdina e comecei a procurar um lugar bom para me deitar. Encontrei um canto quentinho e escondido, e peguei no sono. Acordei um pouco depois com uma zoeira de vozes.

— Eram os bandidos! — interrompeu Vanderbilson, ansioso.

Douglas, em poucas palavras, contou o que tinham descoberto.

— Pois então. Eram eles. Mas vocês devem ter visto a segunda ou a terceira reunião do bando. Esta de que estou falando aconteceu há meses... Aliás, como fui professor de história e...

— Como assim foi professor? — interrompeu Douglas.

— Isso já é uma outra história, que fica para uma outra vez, como dizia um apresentador de um programa da televisão.

— Do que você está falando?

— Deixa ele, Menininho! Continua!

— Os tais homens acabaram me vendo. O Emerson Nei, que não é o chefe do bando, mas, pelo que percebi, é muito mais perspicaz do que o Cavanhaque, me fez um monte de perguntas, descobriu que eu morava na rua, não tinha eira nem beira e teve a ideia. Cochichou com o Cavanhaque e propôs que eu passasse as noites na Casa das Sete Mortes, fazendo barulhos para pensarem que era o fantasma da escrava morta. Isso ajudaria no plano deles: o incêndio supostamente teria causa sobrenatural, e então ninguém mais ia querer pisar naquele lugar...

— Tá brincando? Que sacada sinistra! E por que você topou? — espantou-se Vanderbilson.

— Eu moro na rua e vivo sem dinheiro. Estava desesperado. Fazer barulho e perambular pela Sete Mortes de noite, para ganhar um dinheirinho que fosse, me pareceu bom. Mas depois comecei a pensar nas implicações de tudo, e confesso que me achei um covarde. Foi por isso que fui ameaçá-los por esses dias, no quiosque da praia de Ondina.

— Foi lá que vimos você. E o seguimos — contou Douglas.

— E como eu estava encafifado com o lance do fantasma da Casa das Sete Mortes, naquela noite resolvi encará-lo — explicou Menininho.

— E daí vi que ele era você. Mas, se já estava achando tudo errado, por que continuou assombrando o lugar? — Vanderbilson pressionou. Ele não brincava em serviço!

— Eita que menino corajoso! Eu é que devia ser assim.

Então o homem contou sua história para os meninos. Ele se chamava Antônio e ainda jovem perdera a esposa. Anos mais tarde, depois de se aposentar, não viu mais motivo para viver: abandonou sua casa e saiu pelas ruas de Salvador, bebendo e fazendo estripulias. Chegou a um ponto parecido com o do personagem de Jorge Amado, ainda que por caminhos bastante diferentes. Ele amava o escritor. Por isso escolhera aquela praça para viver.

Douglas e Menininho de Zizete se apiedaram do homem.

— E eu que pensava ter vida dura... — comentou o vendedor de bolinhos. Mas logo se lembrou dos amigos sequestrados e emendou: — Mas estamos aqui por um motivo: o senhor precisa nos ajudar a salvar os gêmeos.

— Gêmeos? Mas que gêmeos?!

— Nossos amigos Paraguaçu e Caramuru — respondeu Douglas.

— *Oxe* que parece aula de história! — brincou o professor.

— É sério — disse Douglas, contando tudo o que tinha acontecido.

— Você sabe onde eles estão? Tudo o que temos é este código — falou, mostrando o papel ao mendigo.

O mendigo-fantasma-professor, depois de observar atentamente as garatujas, começou a discorrer sobre sua infância. As ruas tranquilas de Salvador e a festa da Lavagem do Bonfim, uma tradicional e enorme procissão entre as igrejas da Conceição da Praia e a do Bonfim, no alto da Colina Sagrada.

— Precisavam ver que lindo! — empolgou-se Antônio. — As baianas despejando seus vasos com água de cheiro no adro da igreja e sobre as cabeças dos fiéis, num ritual de fé e esperança. Todo ano tem isso. Até hoje. Vocês já foram ver?

— Professor, professor! — Douglas chacoalhou o homem. — O que a festa da Lavagem tem a ver com o código?

— Nada. Só me fez lembrar da minha infância, quando eu colecionava almanaques de farmácia e sabia todos os códigos secretos de escrita.

— Quer dizer que você sabe o que está escrito aí? — perguntou Menininho, incrédulo.

— Sei. É bico. É só trocar as letras, andando uma para trás na ordem do alfabeto.

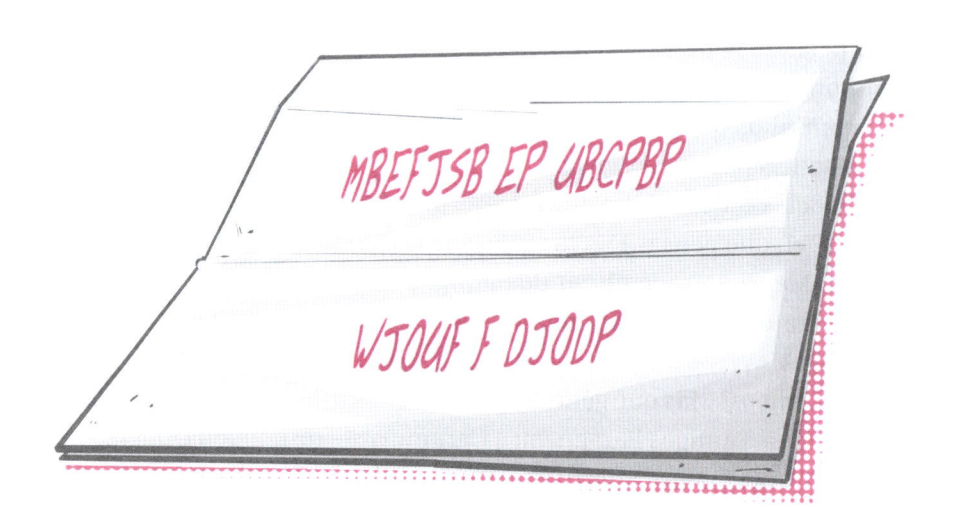

MBEFJSB EP UBCPBP

WJOUF F DJODP

SERÁ QUE VOCÊ SABE?

Traduza agora o que está escrito em código, seguindo a dica do ex-professor.

Conseguiu? Marque um ponto na sua Ficha de Detetive!

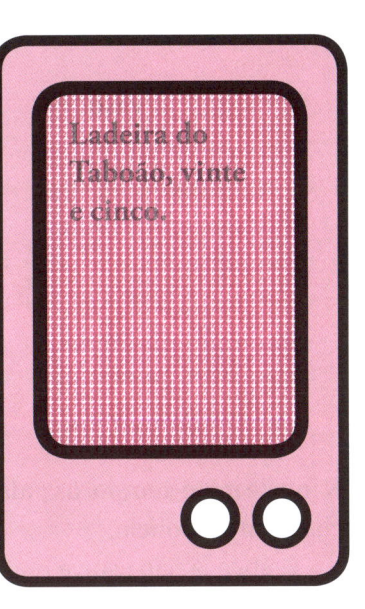

Ladeira do Taboão, vinte e cinco.

ENCONTRO INESPERADO

Naquele meio-tempo, os pais de Douglas e os de Paraguaçu e Caramuru chegavam à polícia.

Branca já não estava mais conseguindo articular as palavras, tal era seu nível de desespero. Honório foi quem tomou a dianteira e relatou ao delegado toda a história que Douglas havia lhe contado na noite anterior.

O policial também achou tudo um tanto fantasioso, mas a história contada pelo menino abordava vários assuntos que já faziam parte do cotidiano da delegacia havia algum tempo: um fantasma que perturbava os visitantes da Casa das Sete Mortes; uma reunião de quatro meliantes, incluindo dois que, pelo que o delegado levantara ali mesmo no computador de sua mesa, tinham passagem pela polícia. Fora o mais importante: o sumiço de dois adolescentes.

Só naquele momento, os dois casais recordaram o caso do assalto à Casa das Sete Mortes e o fato de o pacato Botelho ter sido apontado como responsável.

— Esse tal de Botelho foi absolvido, um ano depois, por pura falta de provas — comentou o delegado. — Mas ficou fichado.

O delegado deu ordem para que apurassem os fatos e intensificassem a busca pelos gêmeos. Mas ninguém tinha ideia de onde eles poderiam estar.

— Se ao menos o Douglas atendesse o telefone... — desejou Conceição.

Afinal, até aquele momento, o menino também estava desaparecido. Por onde será que andava? Mal sabiam os pais o que ele e seu amigo

Vanderbilson estavam aprontando naquele exato instante. Aliás, era melhor mesmo que não soubessem.

Ladeira do Taboão, 25.

Quando Douglas e Vanderbilson, acompanhados por Antônio, estavam prestes a atravessar a rua para chegar ao galpão, o rosto até então aborrecido de Douglas se iluminou. Viu seu Botelho escancarar a pesada porta da frente e sair correndo de dentro do lugar.

— O seu Botelho! — Douglas sussurrou para os companheiros.

— Pega ele! — gritou Menininho, indo de encontro ao homem.

Botelho estacou, apalermado, mas logo quis retomar o passo.

— Vocês são aqueles amigos dos meninos, não são? Precisam me ajudar! Eles estão em perigo! Consegui escapar dos bandidos enquanto eles levavam os gêmeos para um cubículo no galpão. Vira e mexe tínhamos problemas com as chaves quando eu era vigia, e eu peguei jeito com fechaduras. Mas temos que chamar logo a polícia, antes que descubram meu sumiço e façam alguma coisa com os meninos!

— Seu Botelho, respira fundo, vamos nos acalmar — sugeriu Menininho, puxando o grupo para baixo de uma marquise, longe da rua.

— É! Atchiiiiiiim! Atchiiiiim! Atchiiiim!

— Douglas, pega aí seu celular! Liga pra polícia, e depois pros seus pais ou pros pais dos gêmeos.

— Eu digo que este menino é um leão, de tão corajoso! — admirou-se Antônio, orgulhoso.

Douglas ligou o telefone, que acusou inúmeras chamadas não atendidas, e ligou imediatamente para a polícia.

Quando o telefone de Conceição tocou e viram que era Douglas quem ligava, o coração de todos disparou.

— Minha Nossa Senhora! — ela exclamou, respirando fundo e atendendo.

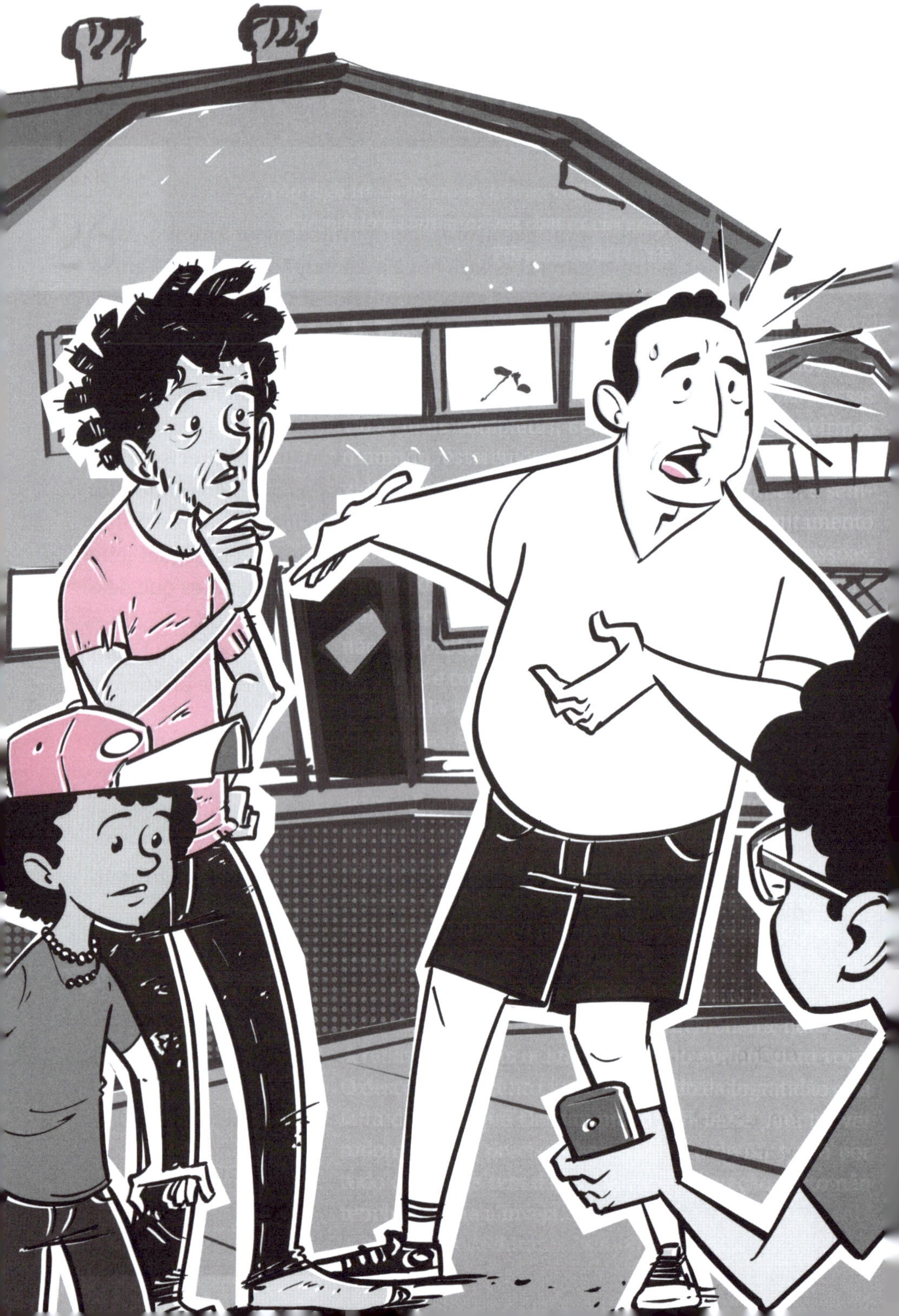

Conceição falou rapidamente com o filho e logo passou o aparelho para Branca. Nonô pôde ver o semblante da esposa se iluminar.

— Vamos já até aí com a polícia! — ela gritou, com lágrimas brotando dos olhos.

Douglas contou todos os detalhes. Ela pediu ao menino que nada mais fizesse. Era perigoso demais. Deviam ficar a uma distância segura do galpão até que as viaturas chegassem.

Quando o menino desligou o telefone, Botelho começou imediatamente a se explicar:

— Nunca fiz coisa errada! Me meti nisso sem querer! Fui preso injustamente, suspeito de ter roubado a Casa das Sete Mortes, onde trabalhava como vigia. Mais de um ano depois, como nada havia sido provado, me soltaram. Mas eu já não era o mesmo homem. Não tinha o emprego que tanto amava e o senhorio da casa onde eu morava não me quis mais como inquilino. Sem ter pra onde ir, mudei para o interior e foi lá que encontrei a Mara, uma doceira de mão cheia, que me deu novo ânimo. E, justo quando a vida parecia refeita, reencontrei o Cavanhaque. Ele disse que precisavam de mim. Era meu conhecido de muitos anos. Trabalhara como vigia do Museu de Azulejaria, mas disse que agora estava em uma construtora. Tinha sido incumbido de reunir pessoas competentes para construir um grande hotel no Pelourinho. Me chamou pra ser o segurança geral da obra. Disse que não tinha problema eu ter sido preso, queriam me dar uma oportunidade, pela competência que sempre demonstrara no trabalho. — Botelho teve que parar um pouco, para recuperar o fôlego. — Quando eu soube o quanto ganharia, arregalei os olhos. Cavanhaque disse que levantariam uma pequena suíte, dentro da própria obra, para mim e para minha mulher. Quando o hotel estivesse pronto, eu poderia voltar para o interior. Se não, a gente trabalharia lá mesmo; ela na cozinha, eu como segurança.

Menininho, Douglas e Antônio continuavam ouvindo a história de Botelho atentamente, ainda que não desgrudassem os olhos do galpão e torcessem para que a polícia chegasse logo.

— Parecia um sonho! Voltar para Salvador, rever todos os cantos onde cresci e vivi, retomar antigas amizades. Então conversei com minha esposa e aceitei participar de uma reunião com os donos da construtora. Ela se lembrou de Branca, sua cliente de Salvador, que poderia nos hospedar por uns dias. Fiquei feliz de voltar, porque morria de saudade da Baixa dos Sapateiros... Até fiz Caramuru passar comigo por lá um dia. Logo percebi que tinha sido enganado por Cavanhaque e tentei pular fora. Mas era tarde. Os caras eram bandidos, e muito perigosos! Imaginem! Transformar em chamas a minha linda e amada Casa das Sete Mortes! E eu seria a peça principal disso, por conhecer cada detalhe dela!

Pouco tempo depois, Douglas, Vanderbilson, Botelho e Antônio ficaram aliviados ao ver as viaturas de polícia chegando sem alarde. Mas Botelho suava frio.

— Calma, seu Botelho. O senhor não teve intenção de prejudicar ninguém.

Um policial abriu a porta do galpão e vários oficiais entraram.

Pegos de surpresa, Cavanhaque e Emerson Nei não tiveram escapatória e foram obrigados a se render. Rapidamente, os policiais resgataram Paraguaçu e Caramuru, sãos e salvos. Os dois comparsas logo confessaram a participação de Curió no crime todo, e os policiais imediatamente enviaram uma viatura para o endereço indicado.

Quando os gêmeos saíram do galpão, ainda abatidos e nervosos por tudo pelo que haviam passado, Branca e Nonô se agarraram a eles, comovidos.

— Ai, meus bichinhos, que não vivo sem vocês! — disse a mãe.

Com a emoção à flor da pele, Douglas, também abraçado aos pais, ao lado de Vanderbilson e do ex-professor, assistiam à cena, comovidos, enquanto os bandidos — e seu Botelho, que deveria prestar depoimento — eram levados embora em uma viatura.

Quem poderia imaginar que a leitura de uma pequena notícia de jornal ia levá-los a uma aventura daquelas? Quanto tinham aprendido! Sobre amizade, respeito, diferenças, saber reconhecer os erros... Douglas tinha certeza de que aquela história ficaria para sempre dentro dele.

19
ALTOS PAPOS

— Quando vi seu Botelho quase chorando de felicidade ao me ver, percebi que era uma pessoa boa, que gostava da gente. Tinha entrado num barco furado sem saber — disse Paraguaçu, vendo no *tablet* a notícia da prisão dos bandidos.

— Esse Botelho é bizarro! — resmungou Carrapato, de péssimo humor. — Eu nunca vou esquecer que ele me fez andar pela Baixa de roupa de surfe e prancha debaixo do braço.

Douglas e Paraguaçu não conseguiram conter o riso.

— Seu Botelho não se livra do processo, mas preso por muito tempo não vai. O advogado saberá provar que foi coação. E o Emerson Nei contou que foi o Cavanhaque o autor do assalto à Sete Mortes há alguns anos. Isso deve ajudar — disse Douglas, entendido em assuntos policiais. — Já os outros três vão se dar mal.

Casa das Sete Mortes salva, bandidos presos, o objetivo do grupo agora era ajudar Antônio. Fazer com que ele procurasse o que tivesse sobrado da família, saísse da rua, parasse de beber e buscasse um trabalho e um lugar pra morar. Todos eles tinham boa vontade, carinho e paciência. O tempo ajudaria. Haveriam de ver o professor recuperado e feliz.

Mas ainda era tempo de curtir a solução dos mistérios. Os meninos se olharam, contentes. Douglas tinha acabado de ligar para Vanderbilson, que tinha entrado definitivamente para a turma. Iam pegar uma praia no dia seguinte. A amizade entre eles crescia; era muito bom saber que podiam contar uns com os outros.

Sábado de sol, muita gente na praia da Barra. A areia fervilhava, e muitos aproveitavam para mergulhar naquelas águas sempre calmas e convidativas. Alguns, mais animados, caminhavam até o fim do passeio, onde, de uma balaustrada, dava para ver a linda ilha de Itaparica e apreciar talvez o mais bonito pôr do sol brasileiro. Outros visitavam a Fortaleza de Santa Maria, encarapitada no topo de rochedos nos quais o mar batia, violento. Logo adiante, um monumento em forma de cruz indicava que lá havia desembarcado o primeiro governador-geral do Brasil, Tomé de Sousa.

Um enorme gazebo, repleto de saborosas guloseimas, abrigava os Mendonça e os Maracagibe, além de Vanderbilson.

— Não me canso de pedir desculpas a Douglas por não ter acreditado nele — comentou Conceição.

— Eu também! — confessou Honório.

— Pois eu acreditei — disse Branca, abraçando Douglas.

— Às vezes, ter imaginação muito fértil atrapalha. Minha mãe sabe bem! — disse o menino, piscando para ela. — Quando a história é verdadeira, ninguém acredita.

— Por falar em história, eu, que tinha empacado com a minha, acabei tendo ela toda pronta! Sem querer, vocês me deram a continuação! — comentou Conceição.

— Eita que eu vou aparecer em livro! Agora, sim, ninguém segura a fama de Menininho de Zizete!

— E você, minha mãe — disse Carrapato, ainda molhado de mar —, vê se confessa: só acreditou na história do Douglas porque já tava matando cachorro a grito de tanta preocupação!

Todos riram de novo, felizes por estarem juntos naquela praia maravilhosa, na cidade que tanto amavam.

Longe dos olhares da família, Paraguaçu, sentada na areia, escrevia algo no chão. Quando Douglas se aproximou da amiga, ela tentou apagar o desenho, mas não antes de ele ver um coração e as letras P e D. Sorriu para a menina, que não desviou o olhar. Carrapato e Vanderbilson vieram estragar o clima, jogando areia pra cima dos dois e correndo para o mar, apostando quem chegaria primeiro. Seguiram os dois, rindo.

FICHA DE DETETIVE

O FANTASMA DO PELOURINHO

ESTE CASO FOI...

PÉSSIMO — FRACO — MÉDIO — BOM — MUITO BOM — O MÁXIMO

☐ ☐ ☐ ☐ ☐ ☐ ☐ ☐ ☐ ☐

RESOLVIDO PELO 5º INTEGRANTE DOS CAÇA-MISTÉRIOS

_____
SEU NOME

Douglas
DOUGLAS

Carrapato
Carrapato

Paraguaçu
PARAGUAÇU

Vanderbilson
VANDERBILSON

SOU A AUTORA

Eu, Eliana Martins, a autora

Nome completo: Eliana Sanches Hernandes Martins.

Idade: Nasci em 1º de julho de 1949. Calculadora na mão... Já!

Uma qualidade: Dizem que sou mãezona, dos meus filhos e dos filhos dos outros. Não sei se é verdade, mas que gosto de ver a casa cheia, isso gosto.

Um defeito: Sou acelerada, funciono em alta rotação e, de vez em quando, acabo cobrando isso das pessoas. Péééééssimo, né?

Meu passatempo favorito: Apesar de ser acelerada, que não combina com ficar sossegada, adoro ler. Aliás, esse é o único momento em que fico em estado de relaxamento. Também gosto de pegar minha superbolsa (que tem máquina fotográfica, gravador, lupa, etc.) e sair para levantar pesquisas para o próximo livro que vou escrever.

Meu maior sonho: Reunir muitas crianças para constituir uma banda de sucata, chamada Recicla e Repica.

Um pouco da minha vida: Cresci no bairro do Bixiga, em São Paulo, quando ainda se brincava na rua e não tinha assalto. Antes de me tornar escritora, trabalhava com crianças com necessidades especiais. Sou casada, tenho quatro filhos e oito netos incríveis.

SALVADOR

- IGREJA E CONVENTO DE SÃO FRANCISCO
- CASA DAS SETE MORTES
- MUSEU DE AZULEJARIA E CERÂMICA
- BAIXA DOS SAPATEIROS
- LARGO DO PELOURINHO
- PRAÇA QUINCAS BERRO D'ÁGUA
- MERCADO MODELO

ENTÃO, GOSTOU DA HISTÓRIA QUE ACABOU DE LER?

Quem diria que uma simples notícia sobre uma assombração pudesse revelar aquele horrível plano de acabar com o patrimônio histórico do centro de Salvador? Com tantos mistérios para resolver, Douglas, Vanderbilson, Paraguaçu e Caramuru tiveram sorte de poder contar com a sua ajuda! Agora, que tal conhecer um pouco mais da cidade que Douglas tanto ama?

O QUE É QUE A BAHIA TEM?

Nossa, a Bahia tem tanta coisa! Mas uma das melhores, sem dúvida, é Salvador! Com certeza você concorda depois de ler esta emocionante aventura e imaginar todos os caminhos percorridos por Douglas, Vanderbilson, Paraguaçu e Caramuru. Que tal, então, conhecer um pouquinho mais sobre a história dessa cidade tão bonita e tão importante para o nosso país?

NOME: SALVADOR; SOBRENOME: DA BAHIA DE TODOS-OS-SANTOS!

A gente a conhece por Salvador, mas o primeiro nome da cidade foi São Salvador da Bahia de Todos-os-Santos. Foi fundada pelos portugueses no ano de 1549 e figura entre as cidades mais antigas do Brasil. O objetivo era construir um forte para demarcar a colonização portuguesa e centralizar sua administração. O nome do forte batizou a própria cidade, que se tornou a capital da América portuguesa até 1763.

Os primeiros europeus, no entanto, chegaram ali um pouco antes, por volta de 1510. Um dos mais lembrados é Diogo Álvares Correia, um fidalgo cuja embarcação naufragou ao chegar à costa baiana. Ele foi salvo pelos Tupinambás, que o nomearam Caramuru — que no idioma nativo significa "moreia" (um tipo de enguia), fazendo referência ao modo como o português foi encontrado: na praia, entre algas e pedras. Os Tupinambás o receberam bem, e o chefe da tribo propôs que ele se casasse com uma de suas filhas, chamada Paraguaçu. Não é à toa que nossos companheiros de *O fantasma do Pelourinho* têm nomes tão interessantes!

VISTA DE SALVADOR, BAHIA, EM 1822.

Mas não apenas portugueses chegaram aqui durante a colonização. Várias etnias europeias estavam interessadas no "ouro doce" produzido na região: o açúcar! Os holandeses, por exemplo, tentaram invadir a cidade de Salvador três vezes: em 1598, entre 1624 e 1625 e em 1638. Nessa época, o açúcar era muito valioso e dominava o mercado internacional de especiarias. No final do século XVII, ele chegou a ser o produto mais exportado para a Europa, e a Bahia, por sua vez, foi considerada a maior província exportadora de açúcar do império português.

No século XVIII, no entanto, o preço do açúcar no mercado internacional caiu por causa da produção holandesa nas Antilhas. O Brasil encontrou, então, um segundo ouro, bem amarelo, às vezes translúcido ou de outras cores — é nesse período que as minas de metais preciosos são localizadas em Minas Gerais, e os olhos portugueses, de uma maneira geral, se voltam para o sudeste da colônia. Essa mudança acarretou outra, muito importante para Salvador: em 1763, ela deixou de ser a capital da colônia portuguesa, cedendo o título para o Rio de Janeiro.

Isso, contudo, não tirou o brilho e a importância da cidade. Uma de suas principais características, desde os tempos coloniais até hoje, é a multiplicidade de etnias e povos — ou você pensa que apenas europeus estiveram por lá? Um continente que contribuiu especialmente para sua formação foi a África.

"Mama África"

A cultura africana chegou ao nosso país com os escravos. Durante três longos séculos, entre aproximadamente 1550 e 1888, a mão de obra prioritária utilizada na colônia portuguesa foi escrava, especialmente do negro africano. Apesar dessa triste história, os africanos contribuíram muito para a formação de nosso país, em especial de Salvador: 79,5% dos soteropolitanos são descendentes de africanos, segundo dados do Censo 2010 do Instituto Brasileiro de Geografia e Estatística (IBGE). Religiões como o candomblé, temperos como o azeite de dendê, frutas como a melancia e palavras como "bagunça" e "caçula" são exemplos de heranças que hoje enriquecem nossa cultura.

Além disso, Salvador continuou sendo um importante centro político do Nordeste brasileiro. Os movimentos sociais eram ativos na cidade, e duas revoltas se destacam: a Conjuração Baiana e a Revolta dos Malês. A primeira ocorreu em 1798 e desejava a independência da região em relação a Portugal. A transferência da capital para o Sudeste representou certo abandono da região por parte do governo central e, consequentemente, gerou uma grave crise econômica. A população em geral se envolveu no processo, em especial os alfaiates — por essa razão, o movimento também é conhecido como Revolta dos Alfaiates. O levante foi fortemente reprimido, mas mostrou ao governo português que os colonos estavam atentos às suas políticas. Já a Revolta dos Malês ocorreu em 1835, quando o Brasil era um país independente. Nesse movimento, os principais envolvidos eram escravos negros islâmicos.

Uma história nem sempre contada

A Revolta dos Malês nem sempre consta dos livros didáticos, mas representa um importante episódio da resistência escrava no Brasil. *Imalês*, no idioma iorubá, significa "muçulmano". A Revolta dos Malês recebe esse nome por causa dos escravos muçulmanos que se rebelaram na noite de 25 de janeiro de 1835. Tudo começou com a invasão da Câmara Municipal de Salvador, onde estava preso Pacífico Licutan, um dos principais líderes malê. Seu ex-senhor estava envolto em dívidas e, como pagamento, concedeu seus bens — inclusive o escravo — ao Estado. Nessa noite, durante as festas de Nosso Senhor do Bonfim, os escravos pretendiam libertar Pacífico Licutan e instaurar uma revolta. No entanto, foram delatados e logo surpreendidos; saíram pelas ruas pedindo ajuda aos demais negros e escravos, mas não obtiveram sucesso. Por conta do fim precoce da revolução, não se sabe ao certo quais eram seus objetivos. O historiador João José Reis afirma que é possível que fosse a organização de uma monarquia islâmica africana no Brasil, mas não há indícios mais fortes que sustentem essa teoria. Há, no entanto, a hipótese de que essa história possa ter sido reforçada pelos senhores, temerosos de uma onda revolucionária escrava... Como diz Zizete, mãe de Vanderbilson, quem conta um conto, aumenta um ponto.

No século XX, Salvador mantém sua posição como uma das cidades mais importantes do Nordeste. Ela é considerada uma metrópole regional, e a Grande Salvador é uma das áreas mais populosas da região. Há um grande incentivo ao turismo, como você pode perceber em nossa aventura e, nesse ponto, destaca-se o centro histórico de Salvador.

O centro histórico é considerado por muitos o cartão-postal da cidade, principalmente depois de 1985, quando a UNESCO (Organização das Nações Unidas para a Educação, a Ciência e a Cultura) concedeu à região o título de Patrimônio Mundial da Humanidade. Nele, podemos encontrar referências físicas — ou patrimônio material, na linguagem dos historiadores — de seus antigos habitantes e colonizadores. Um exemplo é o grande número de construções em estilo barroco português, como a Igreja de São Francisco. O centro histórico situa-se na chamada Cidade Alta, que é a parte mais antiga da cidade, e é composto de três bairros: Sé, Pilar e Pelourinho.

CENTRO HISTÓRICO DO PELOURINHO, EM SALVADOR, BAHIA.

PELÔ!

Impossível falar de Salvador sem falar no Pelourinho, ainda mais depois de tantas emoções vividas ali pelos nossos detetives!

O nome do bairro está intimamente ligado à história da cidade de Salvador — e à nossa história, de forma geral. Durante o Brasil Colônia, funcionava no que hoje chamamos de centro histórico um importante mercado de escravos, onde havia uma coluna de pedra na qual criminosos e escravos eram expostos e castigados. O nome que se dá a essa coluna é pelourinho, e ela acabou batizando o bairro.

No decorrer dos séculos, o Pelourinho era um bairro eminentemente residencial, habitado por famílias ricas, como era o caso do proprietário da Casa das Sete Mortes. Na segunda metade do século XX, contudo, a região começou a ser abandonada por essa elite e passou por uma degradação muito grande. A partir da década de 1970, políticas públicas ligadas ao turismo em Salvador tentaram recuperar a área; essas ações, no entanto, só ocorrem na prática na década de 1990, quando o centro histórico, em especial o Pelourinho, foi transformado no centro cultural de Salvador, agregador de culturas variadas, especialmente a afro-brasileira, o que pode ser percebido, por exemplo, no trabalho de grupos musicais como o Olodum e na tradição das baianas. Nesse sentido, o bairro também passou a abrigar sedes de organizações não governamentais e outras casas de cultura, como a Fundação Casa de Jorge Amado. Longe de assustador, o Pelourinho é interessante, diverso e cheio de histórias!

E AINDA TEM MUITA LADEIRA PRA SUBIR!

O centro histórico e suas ladeiras também guardam outras gratas surpresas, algumas mais antigas, outras mais recentes.

Elevador Lacerda

Considerado o primeiro elevador urbano do mundo, foi inaugurado durante o II Reinado, em 1872, para facilitar o acesso entre a Cidade Baixa — onde estão os bairros mais históricos e de elite — e a Cidade Alta — centro financeiro e comercial de Salvador. Apelidado de "Parafuso", foi projetado e construído por Antônio Francisco de Lacerda e Augusto Frederico Lacerda, pai e filho. Assim como outras construções do centro histórico, ele foi tombado pelo Instituto do Patrimônio Histórico e Artístico Nacional (Iphan) em 2006.

EDSON GRANDISOLI/PULSAR IMAGENS

Salvador é uma cidade atrativa, mas não só para passear. Ela também é um importante polo de exportação, e seu porto envia frutas para todo o mundo. A cidade também se destaca na indústria petroquímica e na construção civil. Pelos encantos, pelas oportunidades e por sua alegria, vale a pena conhecer Salvador e os soteropolitanos!

> **Soteropolitano**
> Se você procurar num dicionário, encontrará que *soteropolitano* é como se designa os nascidos na cidade de Salvador. Mas você sabe de onde vem esse nome? De "Salvador"! Traduzido para o grego, "cidade de Salvador" fica "Soterópolis"; assim, quem nasce lá é soteropolitano.

"CAMINHANDO CONTRA O VENTO/ SEM LENÇO, SEM DOCUMENTO..." E FAZENDO ARTE!

Graças aos deuses católicos, africanos, indígenas e todos os outros, os soteropolitanos são muito criativos e contribuíram com suas produções para a cultura brasileira. Na literatura, podemos destacar o escritor Jorge Amado, que, mesmo não sendo soteropolitano (ele nasceu em Itabuna, um município próximo a Salvador), viveu parte de sua vida na cidade e ajudou a construir aquilo que hoje entendemos por "ser baiano". O escritor teve uma intensa vida pública, ora como jornalista e político, ora como literato. Sua produção é marcada por duas vertentes principais: a crítica social e o retrato dos costumes. No primeiro caso, podemos destacar o romance *Capitães da Areia*, escrito em 1937. No segundo, temos as suas obras mais conhecidas, três das quais chegaram a ser adaptadas para a televisão: *Gabriela, cravo e canela* (1953 e 2012), *Dona Flor e seus dois maridos* (1966) e *Tieta do Agreste* (1977).

Na música, além de grupos contemporâneos, como o Olodum (cujos ensaios acontecem semanalmente no Pelourinho), destacam-se os artistas do Tropicalismo, movimento cultural da década de 1960.

Gilberto Gil nasceu em 1942 em Salvador, no bairro do Tororó, e desde muito cedo teve contato com a música. Na época da faculdade, conheceu Caetano Veloso e sua irmã, Maria Bethânia, ambos de Santo Amaro da Purificação, na Bahia, e Gal

Costa, soteropolitana. Juntos, esses músicos, influenciados pela produção de João Gilberto, pela guitarra elétrica e pela cultura baiana, criam um ritmo novo, bem brasileiro, contagiante e contestador, que logo caiu nas graças do público que acompanhava os Festivais de Música Popular Brasileira, na época transmitidos pela TV Record. "Alegria, alegria" e "Tropicália" (ambas gravadas em 1968) foram suas músicas iniciais e tornaram-se, com o tempo, referências da música popular brasileira.

OS CANTORES JORGE BENJOR, CAETANO VELOSO, GILBERTO GIL, RITA LEE, GAL COSTA, SÉRGIO DIAS E ARNALDO BAPTISTA NO SHOW "DIVINO MARAVILHOSO" NOS ANOS 1960.

Ser "baiano" é...

Há hoje um conceito que define o que é ser baiano: a baianidade. Segundo Luiz Nova e Taiane Fernandes, da Universidade Federal da Bahia (UFBA), esse termo foi criado a partir das produções culturais de Jorge Amado e Dorival Caymmi, nas quais são descritas uma Bahia bucólica, litorânea, cheia de praias e de sensações preguiçosas. Esse foi seu principal significado na primeira metade do século XX, mas, com a industrialização da região, precisou ser repensado. A partir de 1970, o foco na atividade turística criou o baiano "para inglês ver": praieiro, hospitaleiro, múltiplo democrático e, ao mesmo tempo, *high tech*, graças aos grandes shows e eventos que hoje a cidade de Salvador promove. Essa, então, seria a baianidade, que, além da parte boa, também esconde conflitos nem sempre resolvidos na sociedade local.

A SALVADOR DE
O *FANTASMA DO PELOURINHO*

Sabemos que você é um leitor atento e já conseguiu, no próprio livro, perceber muitas caraterísticas de Salvador. No entanto, escolhemos alguns lugares especiais para detalhar um pouquinho mais aqui.

● Casa das Setes Mortes: são muitas as histórias, mas o que temos nos Arquivos Públicos do estado da Bahia conta que, em 1755, seu proprietário, o padre Manoel de Almeida Pereira, e três de seus criados foram assassinados dentro da casa. Acusaram-se várias pessoas, mas não foram encontradas evidências. Como resultado, versões diversas sobre o crime e seus autores foram criadas. A mais famosa é contada neste livro e também dá nome ao edifício, com a morte de sete pessoas de uma vez. Hoje, a casa funciona como centro cultural.

VISTA LATERAL DA CASA DAS SETE MORTES.

● Igreja de São Francisco: localizada no Pelourinho, comporta também um convento. Foi construída entre os séculos XVII e XVIII e representa uma das edificações mais importantes do barroco português da época. Seu interior é extremamente luxuoso, não só demarcando a riqueza da colônia no período mas também a crença católica na catequese pelas imagens. Por essas características, foi tombada pelo Iphan em 1985.

DECORAÇÃO FOLHADA EM OURO NO INTERIOR
DA IGREJA DE SÃO FRANCISCO.

• Teatro São João: localizado na praça Castro Alves, começou a ser construído em 1806 e funcionou entre 1812 e 1923, quando um terrível incêndio atingiu suas instalações. É considerado o primeiro teatro de ópera do Brasil e, segundo Clara Costa Rodrigues, pesquisadora da UFBA, era um teatro aberto a toda a sociedade baiana.

TEATRO SÃO JOÃO EM CARTÃO-POSTAL DE 1904.

• Praça Castro Alves: ponto importantíssimo em Salvador, não só por delimitar o início do centro histórico (afinal, foi ali que dom João VI e a família real chegaram em 1808) como também por abrigar a grande festa da cidade, o Carnaval! É ali que se dá o famoso Encontro dos Trios, toda terça-feira de Carnaval.

PRAÇA CASTRO ALVES COM MONUMENTO AO POETA.

É Carnaval!

O Carnaval de Salvador é tão famoso e exuberante que muitas vezes é simplesmente chamado de "Carnaval da Bahia". Todos os anos, turistas de toda parte se dirigem à capital baiana para festejar! A tradição desse Carnaval começou entre os séculos XIX e XX, quando os foliões se encontravam na rua, demarcando a comemoração popular, enquanto as famílias mais ricas comemoravam nos *clubs*. Hoje a festa congrega diferentes classes sociais em diferentes eventos. Eles começam seis dias antes do início oficial do Carnaval, e os participantes se dividem em três blocos — Dodô, Osmar e Batatinha —, cujos shows reúnem multidões em diversos pontos da cidade. A comemoração se junta ao Carnaval e, na Terça-Feira de Cinzas, todos os blocos se encontram na praça Castro Alves. Por isso, Caetano canta: "A praça Castro Alves é do povo/ Como o céu é do avião"!

ENCONTRO DOS TRIOS NA PRAÇA CASTRO ALVES EM 1981.

RESPOSTAS DOS ENIGMAS

P. 22: Menininho de Zizete.
P. 28: Do homem que tirava fotos.
P. 41: Porque a Baixa dos Sapateiros fica perto do Pelourinho, onde eles estavam.
P. 50: Do Botelho.
P. 59: Curió, um dos bandidos.
P. 69: As iniciais eram as mesmas do lenço.
P. 78: Eles foram raptados pelos bandidos.
P. 88: Na praça Quincas Berro d'Água.
P. 95: Ladeira do Taboão, vinte e cinco.